Marianne Bunes

MUTTERWUT

Marianne Bunes, *Jahrgang 1968, studierte Angewandte Sprach- und Kulturwissenschaften. Seit 2002 ist die Mutter zweier Kinder als Lektorin, freie Übersetzerin aus dem Französischen und Italienischen sowie in der Erwachsenenbildung tätig. Bisher veröffentlichte sie Sachbücher sowie Kurzprosa und Lyrik in verschiedenen Literaturzeitschriften, u.a. in ›Sinn und Form‹.*

Marianne Bunes

Mutterwut

Kriminalroman

Ulrike **HELMER** Verlag

Printausgabe gedruckt auf säurefreiem,
alterungsbeständigem Werkdruckpapier.
ISBN 978-3-89741-370-2

Originalausgabe in CRiMiNA.
CRiMiNA ist ein Imprint des Ulrike Helmer Verlags, Sulzbach/Taunus.

Covergestaltung: Atelier Neopol X unter Verwendung
des Fotos »#24949533 – *girl tornado*« © victor zastol'skiy – Fotolia.com

Ulrike Helmer Verlag
Neugartenstraße 36c, D-65843 Sulzbach/Taunus
E-Mail: info@ulrike-helmer-verlag.de

www.ulrike-helmer-verlag.de

Für meinen Sohn
(Things we lost in the fire)

1. Tag

Dies ist keine Beichte. Mir tut nichts leid, auch wenn dies alle erwarten. Ich konnte nichts anderes tun und würde auch beim nächsten Mal nichts anderes tun. Nur früher, früher würde ich es tun, um mir die letzten zehneinhalb Jahre zu ersparen.

Jetzt bin ich frei. Zwar sind die Fenster aus Sicherheitsglas und die Eingangstür ist nur mit einem Transponderschlüssel zu öffnen, aber ich brauche keine Angst mehr zu haben. Kein besorgtes Gesicht taucht hinter der Glastür auf, keine schweren Schritte kommen den Flur entlang, keine gramgebeugte Gestalt bleibt hinter mir stehen. Ich kann ganz ruhig auf meinem Stuhl sitzen bleiben und ohne Angst dem Eingang den Rücken zukehren. Durch das Fenster sehe ich auf die graue Mauer des nächsten Gebäudes, aber wenn ich mich tief über meinen Schreibblock beuge und nach oben blicke, kann ich den Himmel erkennen. Er ist heute blau wie die letzten Tage, ohne Wolke in dem Ausschnitt über mir. Und wenn ich von meinem Stuhl aufstehe, ans Fenster trete und schräg nach unten schaue, kann ich ein Stück des Plattenwegs erkennen, und Wiese, grüne Wiese, so grün, dass man sich hineinlegen will.

Irgendwann werde ich auf dem Grundstück liegen, das mir jetzt wirklich gehört. Mich auf der Wiese ausstrecken, das biegsame Gras unter meinen Fingern fühlen, seinen Duft einatmen. Die Augen öffnen, durch die dünnen Zweige der

Birke hinauf in den Himmel blicken und keine Angst haben. Zusehen, wie sich die Trauerbirke in eine Freudenbirke verwandelt und in die Hände zu klatschen beginnt, zusammen mit den anderen Bäumen des Feldes; die Bibel hat es lange versprochen, aber bisher nicht gehalten. Wenn ich dort im Gras liege, wird es so sein.

Ich habe keinen Fürsprecher, der meine Sache vertreten könnte; niemand spricht für mich. Der Anwalt kennt nur die Fakten, erklären kann ich ihm die verworrene Sachlage nicht. Gott hat mein Leben lang auf der Seite meiner Mutter gestanden und ich erwarte von ihm keine Hilfe. Deshalb habe ich mich entschieden, alles aufzuschreiben, von Anfang bis Ende, und nichts auszulassen. Heute Morgen, als der Mann vom Kiosk auf der Station erschienen ist und seine Waren im Speisesaal auf dem großen Esstisch ausgebreitet hat, habe ich zwischen den Rätselheften, Zahnpastatuben, Zigarettenpackungen und Schokoriegeln einen linierten Block entdeckt und danach gegriffen.

Na, Frau H., Sie wollen wohl einen Liebesbrief schreiben?, hat Schwester Kerstin, die zur Überwachung des Vorgangs in den Speisesaal abgestellt worden war, mich mit ihrer Kettenraucherstimme gefragt.

Ja, habe ich nur gesagt.

Ein Liebesbrief wird es nicht werden, aber es tat gut, mit den Resten meiner Sprache eine Art Gespräch zu führen. Außerdem mag ich Schwester Kerstin, weil sie uns immer auf den Raucherbalkon lässt und unsere mit Namen beschrifteten Marlboro- oder Strikes-Schachteln mitbringt, ohne dass wir vor dem Glaskasten darum betteln müssen. Sie ist nicht um unsere Gesundheit besorgt wie die anderen Schwestern, die den Balkon nur aufschließen, wenn wir lange genug gewartet haben. Dann stehen sie mit betrübter Miene neben uns, einen Fuß auf dem Balkon und einen drinnen, betrübt, weil wir schon wieder unserer Gesundheit schaden, während wir hastig mit schlechtem Gewissen an unseren Zigaretten ziehen. Schwester Kerstin dagegen tritt mit uns hinaus, lässt sich auf einen der beiden Plastikstühle sinken und streckt die Beine von sich wie am Beginn eines lang ersehnten Urlaubs, während die Rauchwolken aufsteigen. Sie meint es nicht gut mit uns, das ist besser.

Nach dem Mittagessen, als die anderen in den Zimmern verschwunden waren, habe ich mich hier an den kleinen quadratischen Tisch gesetzt, den Schreibblock auf der ersten Seite aufgeschlagen und den Kugelschreiber in die Hand genommen. Krokuslila und durchsichtig ist er und wird mir jede Stunde lieber. Bei der Aufnahme ist er mir nach langer Beratung zwischen Ärzten und Schwestern zugestanden worden, obwohl ich mir und den anderen damit ebenso leicht die Adern aufreißen oder die Augen ausstechen könnte wie mit meiner Nagelschere, die sie im Glaskasten aufbewahren, oder mit den stumpfen Gabeln, die nach jedem Essen durchgezählt werden. Zu dem Kugelschreiber haben sie mir einen Block mit quadratischen Zetteln gegeben, einem Streifen grüner, einem Streifen roter und einem Streifen rosafarbener Zettel, auf denen ich mich mit Kurzbotschaften verständigen kann. Schwester, ich brauche ein neues Badetuch. Schwester, einer meiner Pantoffeln ist weg, vielleicht hat ihn meine Zimmergenossin gegessen. Aber um alles aufzuschreiben, was in den letzten Wochen oder Monaten oder Jahren geschehen ist, bräuchte ich mindestens einen meterhohen Zettelblock und hätte danach die Ereignisse nicht in einer klaren Reihenfolge vor mir, sondern als einen grün-rot-rosafarbenen Zettelberg, in dem man nur immer wieder herumwühlen kann, durch den man aber nie durchkommt.

Jetzt sitze ich also hier mit meinem großen linierten Schreibblock und meinem krokuslila Kugelschreiber am Ende des Flures und schreibe wie immer mit sauberer

Schülerschrift. Ich könnte auch drinnen im Zimmer auf meinem Bett sitzen, aber schreiben kann ich dort nicht. Ilse hat nach dem Essen ihre Fettmassen wieder auf den Kissen ausgebreitet und liegt mit offenem Mund und geschlossenen Augen da. Grunzend saugt sie die Luft ein, dann kommt kein Laut mehr, die Luft im Zimmer steht still, ich kann nichts denken außer: Wann wird sie ausatmen, so lange kann niemand die Luft anhalten, dieses Mal ist sie wirklich erstickt, ich muss nach der Schwester klingeln, bis mich ein lautes Schnauben erlöst, aber nur für die nächsten Sekunden. In der anderen Ecke sitzt Martha auf der Bettkante und spult den leise klimpernden Rosenkranz zwischen ihren Fingern ab, aber sobald ich die kleinste Bewegung mache, eine Fliege von meinem Arm verscheuche oder die Seite umblättere, erinnert sie sich an meine Anwesenheit und beginnt mir zum siebenundzwanzigsten Mal von ihrer Reise nach Fatima zu erzählen und wie sie mit dem Bischof gefrühstückt hat. Ich werde mit jedem Mal wütender, dass ich nicht sprechen kann. Bitte lass mich in Ruhe, würde ich sagen, wenn ich könnte, oder, wenn ich die Angst nicht hätte: Halt's Maul.

Im Aufenthaltsraum kann ich auch nicht schreiben. Der Fernseher läuft zwar erst ab siebzehn Uhr, wenn die Therapeuten nach Hause gehen und nur noch die Schwestern bleiben, aber die beiden Russinnen sitzen auf zwei Stühlen nebeneinander wie in einem Wartesaal und füllen den Raum mit fremden Wörtern und Sätzen, die irgendwann zu einem Rauschen verschwimmen, und plötzlich fällt mich die Angst an, dass ich nicht nur das Sprechen verloren habe, sondern auch das Verstehen, und ich muss aufspringen und mit rasendem Herzschlag hinausrennen und bettle vor dem Glaskasten um die Tablette, gegen die ich mich morgens wehre. Meine Mutter kommt nicht herein, aber die Angst dringt durch Türen und Fenster.

Hier, am Ende des Flurs, ist es ruhig bis auf gelegentliches Lachen aus dem Schwesternzimmer und die schlurfenden Schritte von Hanna-Nicole, die in jeder therapiefreien Minute zwischen der Sitzgruppe und dem Glaskasten hin und her geht, mit regelmäßigen kurzen Schritten, die Arme eng an den Oberkörper gepresst. Ich habe mich in den dreieinhalb Wochen an ihre Schritte so gewöhnt, dass ich sie nicht mehr höre, wie man nach einem Leben an der Bahnlinie vom Nachtzug nicht mehr geweckt wird. Von Hanna-Nicole habe ich nichts zu befürchten, sie spricht ebenso selten wie ich.

Als Sitzplatz habe ich nicht das weiche braune Sofa an der Wand gewählt, sondern einen der beiden Stahlrohrstühle am Tisch, um wacher zu bleiben. Wenn ich in das Geschriebene zu tief einsinken sollte, brauche ich nur den Kopf zu heben, mich umzuwenden, den Flur entlangzublicken und mich ein wenig zu schütteln, bis sich Erinnerung und Gegenwart wieder sauber voneinander trennen. Die Wände haben sie frisch gestrichen, in einem etwas kalkigen, sauberen Blau. Es soll uns beruhigen, herunterkühlen. Trotzdem friert mich kaum mehr, seit ich hier bin, ich trage nur noch die dünnen weißen Socken und nicht mehr die gestrickten darüber in den Frotteepantoffeln.

Hier werde ich in Ruhe sitzen und schreiben können, bis Schwester Kerstin zum letzten Mal vor dem Nachhausegehen vom Glaskasten rufen wird:

Na, was ist, Leute, Zigarettchen? Wer will?

Keiner wird antworten, aber hinter den Türen werden Geräusche entstehen und allmählich werden gebückte und gebeugte Gestalten den Flur entlangschlurfen und sich vor der Tür zum Raucherbalkon versammeln. Ich werde aufspringen, meinen Block ins Versteck bringen und mit den anderen gehen. Der Raucherbalkon ist der beste Ort der Station, weil uns dort niemand hindrängt.

Aber jetzt muss ich zurück. Zurück zu dem Tag, an dem mir die Sprache verloren gegangen ist. Vielleicht habe ich sie in der Zeit verloren wie einen Gegenstand im Raum, vielleicht kann ich sie wiederfinden, wenn ich jeden Augenblick jenes Tages noch einmal genau durchsuche. Nein, ich möchte die Zeit nicht zurückdrehen und etwas ungeschehen machen, das sei ferne. Jetzt bin ich frei, damals war ich es nicht.

Ich bin zur gewohnten Zeit aufgewacht, gegen sieben Uhr, in die Bettdecke eingewickelt bis auf ein kleines Fenster für Nase und Mund. Auch hier liege ich so, in dem Zimmer mit den drei Betten, in dem es nachts nie ganz ruhig wird, eingewickelt in das gelbliche Bettzeug, das wir immer dann wechseln müssen, wenn es aufhört fremd zu riechen. Wenn ich mich auf den Rücken legen würde wie Ilse, die Arme von mir gestreckt, die Haare übers Kissen gebreitet, nichts über mir außer der Luft, ich würde sterben vor Schreck. Am liebsten würde ich auch Mund und Nase bedecken und für die Stunden, in denen ich schlafe, unsichtbar und unfindbar sein.

Was ich an dem Tag geträumt hatte, weiß ich nicht mehr, es war jedenfalls nichts Angsterregendes, keine Vorahnung. Ich bin wie immer langsam aufgestanden und habe zuerst aus dem Fenster gesehen. Der Himmel über dem Wald war hellgrau, aber durch den dünnen Nebelschleier hindurch ahnte man, dass er blau werden würde. Ich habe das Schlafzimmer verlassen, der Sessel auf dem Flur war leer, ebenso die Plattform des Kratzbaums. Seit der Schnee weggetaut war, verließen die beiden Kater gegen Morgen das Haus und kamen erst später wieder die Treppen heraufgerannt, um ihr Futter zu fordern, der Gelbe mit einem heiseren Maunzen und der Graue mit einem hohen Fiep. Wenn sie an jenem Morgen dort gesessen hätten, würde ich wissen, ob ich ihre Namen zu dem Zeitpunkt noch aussprechen konnte.

Ich habe die Schüsseln im Flur mit frischem Katzenfutter

gefüllt und bin in die Küche gegangen, wie immer auf meinen dicken Socken, die ich abends vor dem Einschlafen auszog und morgens nach dem Aufwachen wieder an, um auf dem kalten Linoleum nicht zu frieren und nicht gehört zu werden, im Winter wie im Sommer.

Hier muss ich die Wegwerfpantoffeln tragen, die mir die Schwester gegeben hat; Hausschuhe sind nicht in meinem Besitz. Weiße Pantoffeln aus Frottee, in denen man nicht hüpfen kann, weil sie dann von den Füßen fallen. Auf das Hüpfen habe ich in den letzten Jahren ohnehin verzichtet bis auf seltene Augenblicke, aber gegangen bin ich stets zügig. Erst in den dreieinhalb Wochen, seit ich hier bin, habe ich begonnen zu schlurfen. Das Schlurfen wird von den Frotteepantoffeln erzeugt; es geht auf die Knie über, die ständig einknicken wollen, auf den Rücken, der sich nicht mehr ganz aufrichtet, auf die Schultern, die immer schlaffer werden. Bis ins Gehirn breitet es sich aus, auch die Gedanken werden langsam. Die anderen Insassen oder Patienten tragen andere Pantoffeln, braune, graue, aus Filz, aus Cord, mit Absatz oder ohne, aber sie schlurfen alle. Durch das Tragen der Pantoffeln werden wir restverblödet, ich hoffe, dass ich auch dies durch das Schreiben verhindern kann.

Morgens war die beste Zeit, wenn sich im Haus nichts regte außer meinen fast lautlosen Sockenschritten. Ich wollte die schlafenden Hunde im Untergeschoss nicht wecken, nicht vor ihrer Zeit. Für diese kurze Stunde, wenn die Luft kühl und reglos in den Fluren hing und sogar die Fliegen an den Fenstern noch schliefen, hatte ich die Illusion, allein in dem Haus zu sein; auch eine Illusion ist ein gutes Gefühl.

Nun gehört das Haus wirklich mir, und wenn ich wieder darin wohnen werde, brauche ich nicht mehr leise zu gehen. Morgens um sechs mit Clogs durch die Flure klappern, die eine Treppe hinunter, die andere wieder hinauf. Beim Laufen im Wechselschritt hüpfen, ein Kind, das nicht beobachtet wird und nicht darüber nachdenkt, ob es beobachtet wird. Morgens um sechs in der Küche singen, mit aufgerissenen Fenstern in die Stille hinaus, *On a wagon bound for market*, aber das Lied ändert sich, während die Töne entstehen, das Kalb verwandelt sich in eine Schwalbe und flattert lachend über dem Haus davon, während ich drinnen lachend mit meinen Clogs unter dem Tisch den Rhythmus des Liedes klappere. Ich werde nach der Entlassung als Allererstes in einen Schuhladen gehen und mir ein Paar Clogs kaufen, grün und mit Blumen darauf, wie die Wiesen im Frühling.

Wie immer habe ich in der Küche als Erstes meine Kaffeemaschine eingeschaltet, und während sie zu gluckern und sich zu räuspern anfing, habe ich am Fenster gestanden und auf den Teich geblickt, der mir gehört und doch nie meiner gewesen ist. Es ist fast ein See mit weiten Schilfflächen ringsherum; am linken Ufer stehen Erlen in Gruppen zusammen, am rechten ist ein Wäldchen aus Zitterpappeln gewachsen, deren Blätter nur früh am Morgen still an den Ästen hängen. Die Wasserfläche wirkt größer, wenn sie reglos daliegt; das Schilf und die Bäume wiederholen sich darin und die unscheinbare Hügellandschaft sieht so klar und schön aus wie ein Kalenderblatt.

Weit weg von dem Teich wollte ich nach der Schulzeit, am liebsten ans andere Ende der Welt. In Japan zwischen fremd aussehenden Menschen leben, die meine Eltern nicht kennen, in einer fremd klingenden Sprache Gedichte schreiben, die meine Eltern nicht verstehen und in denen die Kirschbäume blühen. Vierhundert Kilometer war die Stadt entfernt, in der ich die Sprache lernen wollte. Ich hatte mich halb ängstlich, halb fröhlich auf den Weg zum Bahnhof gemacht, die Schreibtischlampe und der kleine Gummibaum aus meinem Kinderzimmer ragten aus meiner Tasche und nickten bei jedem Schritt, sie gingen mit, alles andere würde sich finden. Halb verängstigt, halb neugierig bin ich durch die Hörsäle gegangen und habe die fremden Zeichen an den Tafeln betrachtet, hinter denen die Kirschbäume sich noch vor mir verbargen, aber bald, bald würden sie sichtbar werden, und dann, dann würde ich übers Meer fahren und für das Alte unerreichbar sein, nur für das Neue offen.

Aber zunächst war ich nur vierhundert Kilometer entfernt und für die Post erreichbar. Von zu Hause kamen Briefe, mit der runden, gleichmäßigen Schrift meiner Mutter, die auf der zweiten Seite zittrig wurde. Die Großmutter werde immer verwirrter. Gestern habe sie abends den Tisch zum Frühstück gedeckt, heute habe sie im Mantel am Esstisch gesessen. Sie, die Mutter, wisse nicht mehr, was sie machen solle, sie könne die ganze Nacht nicht schlafen und sei schon selbst ganz wirr im Kopf und wisse nicht mehr, was sie tue, und wenn es so weiterginge, würde sie noch vor der Großmutter eingeliefert werden oder sich vor den Zug werfen. Ich saß vor den Heften mit den japanischen Zeichen und las die Briefe und sah nicht die Zeichen, sondern meine Mutter verwirrt an ihrem Küchentisch sitzen und sich mit den Fingern durch die Haare fahren, dass sie vom Kopf abstanden. Nein, habe ich zu mir selber gesagt, reiß dich zusammen, Maria. Entschlossen habe ich die Briefe unter die Bücher geschoben und wieder auf mein Heft geblickt. Noch vier Monate, dann geht es nach Japan, dann fährst du übers Meer und dazu brauchst du die Brücken nicht abzubrechen, weil übers Meer keine Brücke reicht.

Und dann kamen Anrufe, nicht von zu Hause, nicht aus dem Haus am Teich. Tante Anita, Tante Hilde und Tante Elli fragten mich, wie es mir gehe, ich erzählte von der fremden Sprache und von meiner Vorfreude auf das Auslandssemester. Das kannst du doch deinen Eltern nicht antun. Du bist doch ihr einziges Kind. Sie haben doch sonst keinen, der ihnen beisteht. In jedem Satz ein Doch, mit dem sie sich der Zustimmung aller Welt versicherten. Wenn ich nach Japan fuhr, fuhr ich gegen alle Welt.

Reiß dich zusammen, Maria, habe ich zu mir selber gesagt, hör nicht hin und mach dein Ding, habe ins Heft geblickt und die Zeichen von der Tafel im Hörsaal abgeschrieben. Aber die Stimmen wurden immer lauter in meinem Kopf, das kannst du doch deinen Eltern nicht antun, lauter als die des Professors vorne am Pult, du bist doch ihr einziges Kind, lauter als meine eigene Stimme, reiß dich zusammen, sie haben doch sonst keinen auf der Welt. Sie taten mir leid, die beiden einsamen Eltern mit den traurigen braunen Augen. Einen Tag vor den Prüfungen steckte ich meine Schreibtischlampe und den Gummibaum wieder in die Tasche und stieg in den Zug nach Hause.

Meine Großmutter war zwei Tage vorher ins Heim gebracht worden. Ich wurde gar nicht gebraucht, um meiner Mutter bei der Pflege zu helfen; stattdessen half sie mir, meine Sachen auszupacken und die Wohnung im Obergeschoss für mich einzurichten. Warum hatte mich niemand benachrichtigt? Warum war niemand betrübt-bekümmerterschüttert, weil ich mein Studium abgebrochen und meine berufliche Laufbahn ruiniert hatte? Meine Mutter klang zufrieden, fast triumphierend, wenn sie in meiner Küche am Fenster stand und hinausblickte auf die stille Wasserfläche.

Und so zog ich in die Wohnung im Obergeschoss, immer die Stimme meiner Mutter im Ohr. Was brauchst du studieren, du hast doch alles. So schön wie hier bekommst du es nirgends. Wir überschreiben dir auch das Haus, sogar den Teich kannst du haben, wir tun alles für dich.

Niemand hielt mich oder fesselte mich; ich hätte wieder gehen können, meine Tasche packen, zum Bahnhof laufen, diesmal ohne meine Adresse und Telefonnummer zu hinterlassen. Aber es kam mir so schwer vor, die Schreibtischlampe und den Gummibaum wieder einzupacken, ich wusste nicht einmal mehr, wo sie standen, ich fühlte mich schwerer als vorher, obwohl ich fünf Kilo weniger wog, vielleicht waren es die Sätze meiner Mutter, die sich an meine Knöchel gehängt hatten und mich nicht mehr fortkommen ließen. So blieb ich einfach am Fenster sitzen, wo ich nichts tun musste, als hinaus auf die Wasserfläche zu blicken. Für den Anblick des Teichs hatte ich meine Freiheit verschenkt.

Nein, ich habe mich nicht unwohl gefühlt, morgens am Tag meines Sprachverlusts, nicht müder und nicht verschreckter als in den letzten zehneinhalb Jahren. Der Kaffee war warm und gab Kraft für die ersten Stunden des Tages, gegessen habe ich nur ein Stück Brot im Stehen.

Danach bin ich wie immer in mein Arbeitszimmer gegangen und habe mich an den Schreibtisch gesetzt. Es war mir nicht gelungen, Japanisch zu lernen, so war ich an meiner Muttersprache hängen geblieben und korrigierte Bücher, die andere schrieben, andere verkauften und andere lasen, wirkliche Leute, denen ich nie begegnete. Ich begegnete nur den erfundenen Leuten in den Büchern, dort in dem stillen Zimmer. Manchmal bedauerte ich es, meistens nicht. Mein schönes grünes Dschungelzimmer, in dem ich die Heizung immer so weit aufgedreht habe, dass es tropische Temperaturen bekam. Ob der Fleck noch da ist, zwischen den Lianen, oder ob ihn irgendwer weggewischt hat? Ich werde es neu streichen müssen, aber nicht in Gelb, wie meine Mutter es wollte, auch nicht mehr in Grün mit aufgemalten Sträuchern und Büschen; ich brauche mich nicht mehr zu verstecken. Vielleicht wird es hellblau werden.

Die anderen Zimmer habe ich so gelassen, wie sie beim Weggang meiner Großmutter gewesen waren, nur hier und da ein helles Regal oder eine bunte Lampe zwischen ihre dunklen Möbel gestellt. Aber in diesem Zimmer, ihrem Schlafzimmer, da bin ich rücksichtslos gewesen, da habe ich alles verändert. Ich habe das Bett und den Schrank aus Kirschbaumholz, das Nachttischchen und die Kommode Schraube für Schraube zerlegt, Stück für Stück in den Keller getragen und mich von meiner Mutter nicht aufhalten lassen, die mit wutverweinten Augen im Flur stand.

Die schönen wertvollen Möbel!, hat sie gesagt. Du hast keine Ehrfurcht vor deinen Ahnen.

Dieses Mal, dieses eine Mal bin ich nicht hineingefallen in ihre finsteren Augen, dieses Mal habe ich mich abgewandt und die Rosentapete mit Wasser getränkt und in Fetzen von den Wänden gerissen und in Müllsäcken aus dem Haus getragen. Das ganze Zimmer habe ich grün gestrichen, wie Gras, in dem man versinken kann. Danach habe ich auf die Wände dunkelgrüne Pflanzen in allen Formen gemalt und den neuen Schreibtisch und die Bücherregale Stück für Stück dazwischen aufgebaut.

Dann räum doch alles heraus und schmeiß es auf die Müllkippe, wenn es dich glücklich macht!, hat meine Mutter gesagt.

Aber sie wollte mich gar nicht glücklich sehen; ihre Wörter bedeuteten nicht, was sie nach dem Wörterbuch hätten bedeuten müssen, der Klang ihrer Stimme verkehrte die Bedeutung ins Gegenteil: Fahr zur Hölle!

Trotzdem war ich glücklich. Das Zimmer sah aus wie ein düsterer Dschungel, in dem man sich verkriechen und nicht leicht entdeckt werden konnte oder zumindest die Illusion hatte, nicht leicht findbar zu sein. Solange man nicht auf die Tür blickte, jenen hellen Fleck in dem Dunkel, der sich nicht vermeiden ließ, wenn man sich nicht einmauern und verhungern wollte.

An jenem Tag ist morgens niemand hereingekommen; ich konnte mich in meinem Zimmer verborgen fühlen und mit der Arbeit beginnen. Meiner schönen Arbeit, meiner Flucht aus dem Haus in fremde Länder zu fremden Menschen. Ein Roman über die Niagarafälle war es, den ich an jenem Tag zu bearbeiten hatte, die Heldin hatte am Rand des schäumenden Wassers eine Hütte geerbt und ich durfte für die nächsten Tage mit ihr darin leben und hatte als Miete nur die richtigen Kommas und Großschreibungen beizusteuern. Immer wenn ich zehn, zwanzig, fünfzig Seiten gelesen hatte und die Blätter beiseitelegte, kehrte ich in mein Zimmer an den Schreibtisch zurück wie aus einem Traum oder von einer langen Reise.

Meine schöne Arbeit, die mir verloren gegangen ist. Jetzt sitzt ein anderer vor den Blättern, einer, der vielleicht nicht einmal in das Buch hineingehen und darin mitleben will, sondern sachlich auf die schwarzen Buchstaben schaut und mit dem roten Filzstift die Kommas einsetzt, der die Blätter gleichgültig an den Verlag zurückschickt und in seine Küche geht, um ein Steak zu braten und beim Essen die Zeitung umzublättern. Hoffentlich finde ich wieder eine Arbeit, die mich wegführt. Nein, vielleicht brauche ich keine Arbeit mehr, jetzt, wo ich frei bin.

Hätte ich die Gewohnheit gehabt, beim Lesen die Lippen zu bewegen und die Wörter mitzumurmeln wie meine Großmutter, wüsste ich, ob ich zu diesem Zeitpunkt noch sprechen konnte. Aber ich habe immer lautlos gelesen, weil sich die ausgesprochenen Wörter in der Stille meines Zimmers fremd anhörten, so fremd, dass ich sie nicht verstand. Nichts war an jenem Tag zu hören in dem Zimmer außer dem Rauschen der Niagarafälle, durch das ich die leisen Aufstehgeräusche, das Türenklappen, das Stühlerücken im unteren Stockwerk wie aus der Ferne wahrnahm, als wäre der Roman die Wirklichkeit und das Leben in dem Haus die Erfindung. Nein, ich glaube, dass die Wörter am Morgen noch da waren und mir erst später verloren gegangen sind.

Nach eineinhalb Stunden Arbeit habe ich mir wie immer erlaubt, eine Pause zu machen. Den Stift aus der Hand legen, die Blätter beiseiteschieben, leise auf meinen doppelten Socken den Flur entlanggehen, die Treppe hinunter. Die neue Treppe aus hellem Holz, die nachträglich in das Haus eingebaut worden war, damit ich einen eigenen Eingang hätte. (Wir tun doch alles für dich.) Und dann hatte ich mit freudigem Gesicht beim Notar gesessen und den Vertrag unterzeichnet und meine Eltern hatten mit ebenso freudigen Gesichtern danebengesessen und ihre Unterschrift unter das Dokument gesetzt. Aber wir freuten uns nicht über dasselbe. Ich freute mich, dass jetzt alles mein Eigentum war, das Haus, der Garten, der Teich. Meine Eltern freuten sich, dass ich jetzt für immer ihr Eigentum war, dass sie mich in ihrem Fischnetz gefangen hatten, aus dem ich nicht mehr entkommen konnte.

Ich habe die neue Treppe trotzdem gemocht, sie entließ mich ungesehen, da die Fenster meiner Eltern nach der anderen Seite gingen, in ein paar Momente der Freiheit. Hinuntereilen, in die Gummistiefel schlüpfen, lautlos die Haustür öffnen, über die Wiese hinein in den Wald.

Der Wald war mir der liebste Ort. Sobald ich zwischen den Bäumen verschwand, konnte mich keiner mehr sehen, also beobachten, also verachten. Selbst wenn jemand in den Wald hereinkam, um Pilze oder Beeren zu sammeln, nahm ich ihn mit meinen Waldtiersinnen viel früher wahr als er mich und hatte mich längst in die andere Richtung davongemacht, bevor er herankam. Im Wald fürchtete ich keine Hexen und Zauberer; die wohnten alle in Häusern. Hier lebten nur Tiere, denen es ebenso unangenehm war wie mir, einem Menschen über den Weg zu laufen.

Nicht der Teich fehlt mir hier, sondern der Wald. Sosehr ich mich vor dem Flurfenster strecke, einen Baum kann ich nicht entdecken. Beim Hofgang sieht man zwischen den beiden Nachbargebäuden eine Reihe dünner, noch kahler Pappeln, aber dazu muss man über die Mauer mit den Stacheldrahtrollen spähen und dabei wird mir so elend, dass ich den Blick lieber auf den Asphaltboden richte. Hier drinnen auf der Station fühlt man sich wie ein Kranker, der vielleicht irgendwann wieder gesund werden und nach Hause gehen kann, aber draußen im Hof ist man ein Verbrecher.

Auf meinem Rückweg durch den Wald war mir beklommen zumute, aber das war immer so und an jenem Tag nichts Besonderes. Mit Herzklopfen habe ich am Waldrand vor der Wiese gestanden und auf Haus und Garten hinübergestarrt, dann bin ich über das Gras gesprungen und habe leise die Haustür geöffnet.

Jemand war in meiner Wohnung gewesen. Ich wusste es, aber ich wusste nicht gleich, warum ich es wusste. Die Jacken an der Garderobe hingen reglos und stumm an den Haken und hätten nichts gesagt, selbst wenn ich sie gefragt hätte. Auf den untersten Treppenstufen lag der Schal, den ich beim Hinausgehen umgelegt und dann wieder abgeworfen hatte, weil der März sein Versprechen hielt und es jeden Tag wärmer wurde. Ich habe eine Weile still dagestanden, um zu erlauschen und zu erschnuppern, was sich in meiner Wohnung verändert hatte. Der Geruch war anders als vorher. Nicht nach Parfüm oder einem fremden Körper roch es, sondern kaum merklich nach Schlamm, und in die Wohnungsluft mischte sich ein geringer Luftzug. In mir begann jene Mischung aus Wut und Angst zu entstehen, die ich in dem Haus so oft gespürt habe, mein Herz rutschte herauf in den Hals, drängte sich zwischen die Luftröhre und den Kehlkopf und breitete sich dort aus, bis ich nur noch mit Mühe atmen konnte.

Ich bin sehr leise die Treppe hinaufgegangen, den Flur entlang, in die Küche. Und wirklich, ich hatte mich nicht geirrt. Die Küchenfenster waren gekippt, alle drei, das große schräge Fenster mit Blick zum Himmel und die beiden geraden Fenster mit Blick auf den Teich.

Ich mag weit offene Fenster. Die saubere Frische des Morgens, die bis in die hintersten Winkel des Zimmers dringt und den Kopf klar macht. Und ich mag geschlossene Fenster, die Luft, die sich unter den Plastiklamellen der Rollläden aufheizt und sich träge durch die Wohnung bewegt, das Halbdunkel, in dem man alles leiser und langsamer tut als sonst. Aber gekippte Fenster mag ich nicht. Sie lassen die Wärme hinaus und keine richtige Frische herein, nur einen hinterlistigen Luftzug, der sich mal hier, mal da um die Füße schlingt und ein Gefühl der Ruhelosigkeit erzeugt, des Nichtzuhauseseins im eigenen Haus. Außerdem kann sich in einem gekippten Fenster eine Katze erhängen.

Ich habe die Fenster leise geschlossen, so dass man es unten nicht hören konnte, mich an den Tisch gesetzt, die Beine angezogen und die Arme darumgeschlungen. Embryohaltung auf dem Küchenstuhl, in meinem Hals klopfte es wie mit Zimmermannshämmern. Ob ich zu jenem Zeitpunkt noch sprechen konnte, ob sich noch ein lautes Wort hätte hervorpressen lassen aus meinem bedrängten Hals, ich weiß es nicht. Ich habe es nicht ausprobiert, sondern habe dagesessen und stumm nach Wörtern gesucht, die ich sagen würde, und daraus Sätze zusammengebaut, wie man sich ein Referat im Kopf zurechtlegt, um den Text zu wissen, wenn man aufgeregt vor der Klasse steht.

Ich würde die Treppe hinuntergehen. Die alte Treppe mit dem grauen Linoleumbelag, die zu meinen Eltern hinunterführt, mitten in die Eingeweide der Elternwohnung. Die alte Treppe hat achtzehn Stufen, mit jeder Stufe werde ich zwei Jahre jünger. Wenn ich unten bin, stehe ich als Kindergartenkind vor meiner Mutter, diese ist nicht nur doppelt so breit wie ich, sondern auch doppelt so hoch. Ich sehe ihr nicht in die Augen, meine Knie zittern, mein Puls rast, in meinem Hals pocht das Herz, mein ganzer Körper ist gefüllt mit Wut auf meine Mutter, Angst vor meiner Mutter, Wut auf mich selber wegen meiner Angst und Angst vor meiner eigenen Wut. Mutterwut.

Ich will nicht, dass du in meiner Wohnung die Fenster kippst, sage ich und die Wörter pressen sich mühsam an meinem verrutschten Herzen vorbei.

Das Gesicht meiner Mutter verändert sich, ich weiß es, ohne hinzusehen, die Augen verfinstern sich, die Haut wird fleckig und die Stirn wirft Falten.

Aber da ist doch nichts dabei!, sagt sie aufgeregt. Ich wollte doch nur ein wenig lüften!

Ich will aber nicht, dass du in meiner Wohnung ...

Die Augen meiner Mutter sind dunkel wie Gewitterwolken, die Haut gerötet, die Haare beginnen vom Kopf abzustehen.

Aber was ist denn so schlimm daran?, sagt sie empört. Ist das seit Neuestem ein Verbrechen?

Ich will einfach nicht, dass du ...

Meine Mutter sieht mittlerweile aus wie Beethoven, der wilde Beethoven auf dem späten Porträt, der an eine Naturkatastrophe erinnert.

Na gut, dann kippe ich sie eben nicht mehr!, grollt sie. Am besten, ich gehe ganz weit weg und komme nicht wieder, wenn ich hier nicht erwünscht bin. Am besten, ich nehme mir einen Strick und hänge mich auf.

Nun kann ich sie entweder in den Arm nehmen und ihr tröstend über die Schulter streichen: Aber nein, ich will doch nicht, dass du dich aufhängst, du bist doch erwünscht, du kannst doch jederzeit in meiner Wohnung die Fenster kippen oder was auch immer du tun willst. Dann zieht das Gewitter sofort ab und ihr Gesicht leuchtet auf wie ein Frühlingsmorgen: Na siehst du. Dann ist ja alles gut.

Oder ich kann mich abwenden und die Treppe wieder

hinaufgehen und für die nächsten Tage, die nächsten Wochen die finsteren Blicke in meinem Rücken spüren. Meine Mutter ist eine gute Mutter und will nur das Gute für mich. Also bin ich eine böse Tochter, wenn ich etwas anderes will.

An der Glastür entsteht Bewegung. Hofgang. Meine Knie und meine Finger zittern; die Zeit, die sich zwischen jenen Tag und das Jetzt gelegt hat, ist zusammengeschrumpft, ich bin wieder klein und schwach und stehe direkt vor der Mutter, mit meiner ganzen Angst und Wut. Ich muss schnell ins Zimmer gehen, um den Schreibblock im Schrank einzuschließen und meine Schuhe herauszunehmen. Von den Mitpatienten oder Mitinsassen kann man alles erwarten, auch dass sie Papier essen.

Ich hoffe, dass die kleine Drogendealerin heute mitgeht, die Familienmutti mit den kurzen Locken. Schon an ihren Apfelbäckchen erkennt man, dass sie vier Kinder hat und einen Kombi fährt, in dessen Kofferraum sich Buggies und Dreiräder ineinander verkeilen, während auf dem Rücksitz die Kinder sitzen und zwischen ihren Apfelbäckchen Kekse kauen, so dass die Zollbeamten nur lächeln und nicht durchsuchen. Als sie auf die Station kam, glaubte sie die Mutter Gottes zu sein, jetzt weiß sie wieder, dass sie Ulla heißt und nach der Entlassung weiter mit Kindern und Drogen herumfahren wird. Ihre Witze sind die schweinischsten, die ich je gehört habe, aber sie erzählt sie mit einem Gesicht wie die Familienmutti in der Nutellawerbung. Ich kann nichts dazu sagen, aber lachen, lachen kann ich, aus vollem Hals. So lachen wir immer zu zweit, ich über sie, weil die Witze nicht zu ihrem Gesicht passen, und sie über mich, weil das Lachen nicht zu meinen graumelierten Haaren und meiner braven Zopffrisur passt. Die anderen schlurfen währenddessen mit zu Boden gerichteten Blicken durchs Treppenhaus.

Der Hof ist ein trister Ort, mit den Stacheldrahtrollen über der Mauer und dem asphaltierten Boden. Statt einer Grünfläche bildet ein Kreis festgestampfter Erde die Mitte, der mit Zigarettenkippen bedeckt ist. Nicht einmal Krokusse lassen sie hier wachsen, weil wir uns mit den Blüten vergiften könnten. Die Luft ist kühl, aber nicht richtig frisch, es riecht nach dem Essen aus der Küche, das schon abgestanden aus den Töpfen kommt, und nach dem staubigen Beton der Mauer. Man kann den Hof nur ertragen, indem man sich ablenkt; nicht an etwas Schönes denkt, das durch die Trostlosigkeit infiziert werden würde, sondern an etwas Hässliches; dafür sind die schweinischen Witze am besten geeignet.

Ist gut, Schwester Ilka, ich komme.

Das Beste am Hofgang ist das Zurückkehren auf die Station, vor allem jetzt, wo ich angefangen habe zu schreiben. Immer wieder vergesse ich, dass ich frei bin, und immer wieder freue ich mich, wenn ich mich daran erinnere. Block und Stift habe ich aus dem abschließbaren Schrankfach geholt und mich wieder auf meinem Stuhl am Ende des blauen Flures eingerichtet. An den frisch gestrichenen Wänden haben sie Drucke von Impressionisten aufgehängt, undeutliche Bilder von Parks und Feldern, auf denen jede Linie zu einem Pünktchennebel verschwimmt, vor allem wenn man zuvor die Tablette bekommen hat. Sie glauben, dass man die Angst durch Vernebeln verjagen kann. In den ersten Tagen war es mir gleich, ich habe mich einfach treiben lassen in diesem hellblauen oder hellrosa Pünktchennebel, alles war besser als nachzudenken. Aber jetzt, nach dreieinhalb Wochen, möchte ich aus dem Nebel heraus und festen Boden unter den Füßen bekommen. Die Linien, die mein Kugelschreiber auf dem Papier zieht, sind klar und deutlich. Ich hoffe, dass mir durch das Schreiben klar wird, was geschehen ist und wohin es mit mir will.

Ja, ich bin die Treppe hinuntergegangen, an jenem Tag. Das Herz saß mir in der Kehle und klopfte darin, als wollte es zu beiden Seiten des Halses herausspringen, aber das war immer so, wenn ich die Treppe hinunterging, und nicht nur an jenem Tag. Ich habe die Tür geöffnet, die alte Holztür mit dem gardinenbehangenen Fensterchen, die in die Küche der Eltern führte. Meine Mutter stand am Herd und rührte in einem Topf, aus dem der Geruch von Speck aufstieg. Ich habe sie nicht angesehen, aber ich glaube, dass sie gerade ihr freundliches Gesicht aufhatte, das mit den gütigen braunen Augen, von sanften braunen Locken umrahmt. Ich habe vor ihr gestanden und den Mund aufgemacht zu dem ersten Satz, den ich droben mit mir vereinbart hatte.

Ich will nicht, dass du in meiner Wohnung die Fenster kippst.

Kein Ton kam aus meinem Mund.

Ich habe den Mund erneut geöffnet und mit den Lippen die Wörter geformt. Wieder kein Ton.

Meine Mutter hat ihren Topf vom Herd gezogen. Ich habe auf ihre Hände geblickt, die glatten, etwas dicklichen Hände, von denen die rechte den Kochlöffel fest umschlossen hielt, und habe gewusst, dass sie mich verwundert-besorgt-bekümmert ansah. Ich muss gewirkt haben wie die Karpfen im Teich, wenn mein Vater die Hand zum Brotwerfen hob.

Ich habe bei dir nur die Fenster ein wenig gekippt, hat meine Mutter mit freundlicher Stimme gesagt.

Kein Ton.

Ich meine, weil bei dir die Luft etwas stickig war, hat sie gesagt und einen Blick von mir zu erwischen versucht, wie man mit dem Kescher nach einem Fisch hascht.

Ihre braunen Augen. Wenn man nur flüchtig hineinsieht, denkt man: die Augen einer guten Mutter, gütig, fürsorglich, tröstlich. Aber wenn man gelernt hat, tiefer hineinzusehen, erkennt man, dass noch ein zweiter Farbton darin ist, etwas

Grünliches, Giftiges, das herausspritzt und ins eigene Auge geht, wenn man das falsche Wort sagt.

Ist alles in Ordnung bei dir?, hat sie gefragt und ihr Gesicht zwischen meines und den Kochtopf geschoben, auf den ich starrte.

Ich habe wieder die Lippen bewegt, mein Gesicht muss von der Anstrengung rot geworden sein, aber ich konnte nichts sagen. Mein Herz hatte sich in meiner Kehle so breit gemacht, dass kein Wort mehr daran vorbeikam, sosehr ich es auch hervorzupressen versuchte. Dann habe ich mich umgedreht und bin weggelaufen, die alte Treppe wieder hinauf in die Wohnung, aber dort konnte ich nicht bleiben, weil meine Mutter mir sofort folgen würde, den Flur entlang und die neue Treppe hinunter, zur Haustür, hinein in die Stiefel, hinaus in den Wald.

Ich bin stets in den Wald gegangen, wenn ich unruhig war, wenn ich Angst hatte, wenn ich wütend war oder traurig, also mehrmals täglich. Beim Laufen über die kleinen Hügel aus Moos und Fichtennadeln fallen die schlechten Gefühle aus einem heraus und werden vom Waldboden aufgenommen und in gute verwandelt. Nach einem Kilometer spüre ich meinen Herzschlag nicht mehr so stark in der Kehle, nach zweien höre ich wieder die Amseln singen und nach dreien die Fichten rauschen. Ich brauche nur weit genug zu gehen und kann alles Mögliche hinter mir lassen, Angst, Wut und Schmerz.

Aber nicht so an jenem Tag. Diesmal bin ich nicht gelaufen, um etwas zu verlieren, sondern um etwas wiederzufinden, meine Sprache. Ich habe noch einmal versucht, die Wörter zu sagen, die ich in der Küche, umweht vom Speckgeruch, nicht über die Lippen gebracht hatte.

Ich will nicht, dass du. Seit meiner Kindheit ein gefährlicher Satz, die Bombe, mit der ich den Brand ins Lager warf und den Krieg entfachte, in dem dann für Tage oder Wochen gemetzelt und gemordet wurde. Jetzt, allein im Wald, ohne Zuhörer, ohne Angst und Wut im Hals, hätte es gehen müssen. Aber kein Laut kam aus meiner Kehle, nur die Lippen klappten auf und zu, hinten verursachte das Gaumensegel ein Klappgeräusch, aber die Stimmbänder arbeiteten nicht mit. Ich versuchte es noch einmal, mit mehr Kraft und Willen, aber wieder kam nichts heraus. Die Verbindung zu den Sprechwerkzeugen war gekappt, sie ließen sich nicht mehr steuern.

Ich bin weitergehastet und habe nach anderen Wörtern gesucht; vielleicht war es nur dieser eine Satz, der mir nicht mehr über die Lippen kam, die Kriegserklärung. Ich habe es mit harmloseren Wörtern versucht, die niemandem wehtun können und die ich seit meiner Kindheit ungestraft sagen durfte. *Wald.* Kein Ton. *Baum.* Nichts. *Blätter.* Nichts. *Frühling*, eins meiner Lieblingswörter, ein grünes Wort, in das man sich hineinlegen kann, selbst wenn der Himmel grau ist. Kein Laut verließ meinen Mund.

Immer schneller atmend bin ich weitergerannt, ohne etwas zu hören und zu sehen, selbstverloren auf der Suche nach meiner Sprache. Vielleicht konnte ich noch Wörter sprechen, die mir nichts bedeuteten, gerade weil sie mir nichts bedeuteten, weil das Herz nicht dabei war, Wörter aus der Schule wie *Addition, Subtraktion, Funktion, Parallele.* Aber kein Laut kam heraus. *Synonym, Antonym, Hypotaxe, Parallaxe.* Kein Laut. Vielleicht ging es mit Wörtern, die ich nicht mochte, noch nie gemocht hatte, weil sie kalt und bedrohlich klangen, Wörter aus der Zeitung wie *Finanzkrise, Sparhaushalt, Rettungsschirm.* Aber kein Laut.

Ich wurde allmählich rasend vor Angst. Wenn ich die Sprache verloren hatte und nicht mehr finden konnte, was dann? Zum Arzt gehen und ihm mit Zeichen verständlich machen, dass ich nicht mehr sprechen konnte? Von ihm eine Überweisung zum Psychologen bekommen und dort mit lautlos auf- und zuklappenden Lippen sitzen? Der Psychologe – eine Freude für meine Mutter, ihr Triumph und ihr Sieg! Mein Vater würde mich mit seinem Auto zu den Terminen fahren und bei den Gesprächen neben mir sitzen und meinen Part übernehmen, während ich stumm auf dem Stuhl kauerte und nichts anderes tat als grinsen oder ins Leere blicken. Meine Mutter konnte inzwischen zu Hause auf ihrem Stuhl sitzen und Nummern ins Telefon tippen und allen erzählen, dass ich neuerdings einen Psychologen brauchte, wobei sie das Wort *Psychologe* mit einem Spucken aussprach wie etwas Ekelerregendes; dass mein Vater jetzt schon seit Stunden mit mir unterwegs sei und sie langsam nicht mehr wüssten, was sie mit mir noch machen sollten. Wären sie die Eltern Hiobs gewesen, so wäre das biblische Buch ganz anders geschrieben worden, das Leiden des Mannes aus Uz würde nur wenige Verse einnehmen und die übrigen Kapitel würden das Leiden schildern, die Eltern eines solchen Leidenden zu sein. Nicht einmal umbringen konnte ich mich, sonst würden sie nach meiner Beerdigung bei Streuselkuchen und Kaffee zusammensitzen und klagen: Nun hat sie uns zu allem auch noch das angetan! Und abends nach der Beerdigung würde meine Mutter sich in der Küche auf ihrem Stuhl breitmachen, mit ihren glatten Händen die Nummern aller weiter entfernt lebenden Verwandten und Bekannten ins Telefon eintippen und ihnen alles noch einmal erzählen. Sie hat schon immer gewusst, dass etwas mit mir nicht stimmte oder etwas mit mir nicht in Ordnung war oder dass ich im Kopf nicht ganz richtig gewesen bin, alles mit dem besorgten Ton einer guten Mutter gesagt; der verächtliche Unterton nur für den Erfahrenen hörbar.

Ja, ich habe an der Tür meiner Eltern gelauscht. Ich schäme mich dafür und der Richter wird es mir sicher als strafverschlimmernden Umstand anrechnen. Ich habe es nicht nur einmal getan, sondern immer wieder. Wenn meine Mutter über mich redete, hatte ihre Stimme einen besonderen Klang, eine heisere Schärfe wie Schleifpapier, das man über Holz zieht. Unser Haus ist nicht sonderlich fest gebaut, weil die Großeltern wenig Geld hatten, die Wände sind dünn und die Zwischendecken aus Holz. Die Stimme meiner Mutter drang durch die hölzernen Böden und durch die Wände bis in mein Zimmer und ich konnte nicht mehr stillsitzen auf meinem Schreibtischstuhl, wenn ich diese heisere Schärfe hörte, ich musste aufspringen und auf den Flur staken, vorsichtig, damit ich das knarzende Brett nicht berührte, bis an die Tür zum Treppenhaus, wo ich erstarrte. Dann habe ich dagestanden, das Ohr an das Holz der Tür gelehnt, mit zitternden Knien und rasendem Herzschlag, ganz Angst, vom Scheitel der braven Zopffrisur bis zu den Zehenspitzen in den doppelten Socken, in denen man nicht friert und nicht hörbar ist. Ich musste es einfach, ich musste wissen, ob meine Mutter mir Gutes wollte, wie sie zu jeder Tages- und Nacht- und Jahreszeit sagte; ich wollte es und ich hoffte es mit jeder Faser meines zitternden Körpers, aber ich glaubte es nicht.

Ich habe für dieses Lauschen immer bezahlt, insofern wird es mir der Richter vielleicht doch nicht anrechnen. Diese Schuld habe ich schon gebüßt. Ich wusste vorher, dass ich es büßen würde, wenn ich in meinem Zimmer vom Schreibtischstuhl aufsprang, und hätte es unterlassen können. Einfach sitzen bleiben und sie reden lassen, *Caligola* auf Lautstärke zwanzig drehen, *You need to forgive forget*, mir mit den Zeigefingern die Ohren verstopfen und nur die Musik durchlassen, *You don't need your parents, you just need yourself*, aber ich hörte die Stimme trotzdem. Man hätte mich an meinem Schreibtischstuhl festketten müssen, während sie unten mit dem Schleifpapier übers Holz fuhr.

Meinen Namen sprach sie nur selten aus, sondern schickte meistens Andeutungen durch die Telefonleitung. Nein, im Haus ist es immer noch schwierig. Nein, im Haus klappt es immer noch nicht. Wenn sie das Wort *Haus* sagte, fing mein Herz an, das Blut in großen Schwällen durch den Körper zu schicken. Jetzt war es so weit, jetzt kam es. Und dann hörte ich es, immer mit anderen Worten, aber immer mit gleichem Inhalt: Ich bin kalt, lieblos, undankbar, schwierig und krank. Krank, das erniedrigendste Wort von allen, noch erniedrigender, als wenn sie für dich beten; du bist bedauernswert und nicht ernst zu nehmen.

Mehrere Nächte habe ich es dann gebüßt, mein Stehen hinter der Tür mit kälter werdenden Füßen, zitterndem Körper und heißem Gesicht. Ich bin abends rasch eingeschlafen wie immer, aber um ein Uhr oder um zwei Uhr, wenn ich zum ersten Mal aufwachte, im Dunkeln zum Klo ging, auf dem Rückweg dem gelben Kater auf seinem Sessel über den Kopf strich und mich dann wieder ins Bett legte, war es vorbei mit dem Schlaf. Die Wut breitete sich in meinem Körper aus und brachte ihn zum Kochen. Ich musste die Bettdecke abwerfen, weil mir immer heißer wurde, und lag glühend vor Wut im Dunkeln. Wut, weil ich mich nicht wehren konnte, weil alles, was ich tun oder sagen konnte, meiner Mutter bestätigen würde, dass ich krank war, Wut, weil mir niemand glauben würde, wenn ich mich verteidigte, sondern alle bestätigt sähen, was meine Mutter sagte, Wut, weil ich nichts tun konnte außer abwarten, bis ich wieder abkühlen und das Gehirn in seiner Barmherzigkeit die Worte mit Vergessen bedecken würde. Tagsüber raste mein Herz vor Angst, nachts raste es vor Wut. Eines Tages würde mich der Herzinfarkt einholen, meine Mutter würde mich überleben und an meinem Grab bedauern, dass ich nur so kurz gelebt hätte, und dann im Gasthaus bei Kaffee und Kuchen hinter vorgehaltener Hand bedauern, dass es mit mir leider hoffnungslos schwierig gewesen sei. Und ich würde nie erfahren haben, wie es ist, auf der Welt zu leben ohne das Damoklesschwert einer Mutter über dem Kopf.

Nein, ich würde nicht zum Psychologen gehen, weil ich die Sprache verloren hatte.

Ich bin einfach weiter durch den Wald gelaufen, immer weiter und weiter, ohne zu hören und ohne zu sehen. Immer wieder habe ich Wörter vor mich hingedacht, sie mir vorgestellt, ihr Schriftbild, ihre Bedeutung, und mit aller Kraft versucht sie in meinem Hals zu formen und über meine Lippen zu schieben. Gute Wörter: *Liebe, Freude, Friede, Geduld, Freundlichkeit*, die Früchte des Glaubens, die in unserem Haus nicht recht wachsen wollten. Schlechte Wörter: *Abwehr, Widerspenstigkeit, Wut* und *Mordlust.* Vielleicht habe ich an diesem Tag schon geahnt, was passieren würde, oder vielleicht war es in irgendeinem Plan vorgezeichnet und ich habe ihn nur ausgeführt wie die Spülmaschine den einprogrammierten Waschgang. Ich werde Gott danach fragen, falls ich ihn einmal treffen sollte und falls ihn nicht meine Mutter bis dahin so weit gebracht hat, mich an der Himmelstür abzuweisen und zum Teufel zu schicken.

Auf geht's, Leute, Bewegung! Die schrille Stimme der Gymnastikfrau reißt mich heraus aus der Angst und wirft mich wieder hinein ins Hier und Jetzt, in den ruhigen blauen Flur, an dessen Ende ich schreibend auf meinem Stuhl sitze. Mit klirrendem Schlüsselbund schließt sie den Fitnessraum auf und aus den Zimmern quälen sich zwei, drei Leute, um ihre halbe Stunde auf den Turnmatten abzuleisten. Ich bleibe an meinem Platz sitzen, mit meinem Schreibblock vor mir auf dem Tisch. Die Gymnastik haben sie mir nicht als Pflicht auferlegt, sie ist Kür und ich gehe nicht hin, weil mich die schrille Stimme an den Sportunterricht meiner Kindheit und dieser mich an das Befehlsgebell der Nazis erinnert. Meine

Schrift ist auf den letzten eineinhalb Seiten kaum lesbar; falls ich den Text jemandem vorlegen möchte, muss ich ihn noch einmal abschreiben, Buchstaben für Buchstaben, ohne an die Bedeutung zu denken, damit ich nicht wieder von der Angst angefallen werde und meine Hand davongaloppiert. Vielleicht haben sie doch recht, uns die Tabletten zu geben, die wir morgens und abends beim Verlassen des Speisesaals zu schlucken haben. Danach müssen wir noch ein paar Minuten vor der Schwester stehen, damit wir nicht ins Bad laufen und sie in den Abfluss spucken. Vielleicht haben sie recht, dass der Kopf ein wenig vernebelt sein muss, zumindest so lange, bis der Körper verstanden hat, dass er den Alarmzustand nicht mehr braucht.

Ich bin immer weiter durch den Wald gelaufen, an jenem Tag Null, und habe Wörter um Wörter probiert. Unnötige Wörter wie *Resilienz* oder *Historie*. Kein Laut. Nötige Wörter wie *Brot* oder *Wasser*. Nichts. Alltägliche Wörter: *nein, ja*. Erschrocken bin ich stehen geblieben: Ein Laut war aus meinem Mund gedrungen. Ich probierte die beiden Wörter noch einmal, vorsichtig, als könnten meine Lippen zerbrechen. Das Wort *nein* blieb ein Schnappen der Zunge, das Wort *ja* erklang klar und deutlich in die Stille des Waldes hinein.

Verwundert ließ ich mich auf einem Baumstumpf nieder. Ich hatte die Sprache offenbar nicht komplett verloren, sondern einen Überrest davon behalten. Das Wort *ja*. Das andere, seine dunkle Kehrseite, sein böser Zwilling, war mir genommen worden, aus Strafe für meine lebenslange Widerspenstigkeit. Eine Bestätigung für meine Mutter: Was Gott tut, das ist wohlgetan. Oder mit anderen Worten: Geschieht dir recht.

Geschieht dir recht, den Satz hatte ich als Kind zu jeder

Tages- und Jahreszeit zu hören bekommen. Wenn ich im Sommer vom Fahrrad gefallen war und mir die Knie aufgeschlagen hatte: *Geschieht dir recht*, weil du immer fährst wie eine Verrückte. Wenn ich im Winter Fieber und Halsschmerzen hatte: *Geschieht dir recht*, weil du immer nicht hören willst und keine Mütze aufsetzt. Aber dann, dann lief meine Mutter im Haus hin und her mit Tee und Honig und Salbeibonbons und Kamillendampfbädern und zeigte sich und mir und allen anderen, wie gut sie war und wie schlecht ich war und wie viel Mühe sie sich mit mir gab und wie viel Mühe ich ihr machte.

Ich habe es gehasst, krank zu sein, und darum eine besondere Fertigkeit entwickelt, es niemanden merken zu lassen. Meine Spielkameraden sind mit einem gebrochenen Finger zur Mutter nach Hause gelaufen, ich in den Wald. Meine Mitschüler sind mit siebenunddreißig Grad Fieber zu Hause im Bett geblieben, ich habe mit vierzig Grad Fieber Schularbeiten geschrieben. Lieber mit brummendem Kopf vor dem Blatt sitzen, als im Bett das besorgte Gesicht der Mutter über mir sehen, mich schuldig fühlen und diese Schuld mit tage-, wochen- und lebenslanger Dankbarkeit abtragen müssen.

Ich hatte die Sprache also nicht ganz verloren. Immerhin blieb mir noch ein Wort. *Ja. Jajaja.* Es ließ sich laut und leise sprechen, sogar singen ließ es sich, die Tonleiter hinauf und hinunter, die Molltonleiter der Juden, an der sie hinab zur Hölle stiegen und wieder herauf; die Harmonie des deutschen Volkslieds ertrage ich nicht. Ich war also nicht völlig stumm und nicht völlig krank.

Vielleicht kam meine Sprache auch schon zurück. Ein wenig beruhigt bin ich aufgestanden und weitergegangen, immer wieder Wörter probierend, das ganze Wörterbuch durch. Vielleicht gab es noch andere, die mir geblieben waren oder zurückkehrten, und ich konnte daraus wenigstens einen Satz zusammenbauen, der mir helfen würde weiterzuleben.

Sicher zwei Stunden bin ich durch den Wald gelaufen, nicht, um Pilze und Heidelbeeren oder Gesundheit und Schlankheit zu suchen wie die anderen, die normalen Menschen, die nicht mit leeren Händen in den Wald gehen, sondern mit einem Korb oder einem Sportgerät bewehrt. Ich war immer noch auf der Suche nach meinen verlorenen Wörtern. Am Ende hatte ich nicht mehr und nicht weniger als drei davon wiedergefunden. Nach dem *Ja* war ich bald auf das *Danke* gestoßen; das *Bitte* dagegen verweigerte sich. Dann hatte ich noch das *Gut* gefunden, auch das *Schlecht* stellte sich in der Kehle quer und kam nicht heraus. *Ja, gut, danke*. Sehr langsam habe ich mich durch den Wald auf den Rückweg gemacht. Zu dem Haus wollte ich nicht gehen, aber wohin sollte ich sonst, gerade jetzt, wo ...

Eben ist jemand neben mir stehen geblieben und hat mir den Stift aus der Hand gerissen. Hanna-Nicole aus dem Zimmer rechts hinten. Hanna M. steht auf ihrer Mappe, sie selbst stellt sich als Nicole vor.

Du hast meinen Vater umgebracht, hat sie gesagt und ihr teigiges Gesicht drohend meinem genähert.

Ja, habe ich gesagt. Was sollte ich anderes sagen. Hanna-Nicole wurde in eine Decke gewickelt eingeliefert, Ulla behauptet, sie sei splitternackt mit dem Auto gefahren und hätte eine Massenkarambolage verursacht, aber vielleicht hat sie zuvor ihren Vater umgebracht, wer kann es wissen.

Dafür werde ich dir jetzt eine reinhauen, hat sie gesagt.

Ja. Gut.

Ihre breite Faust ist gegen meinen Oberarm gekracht.

Nicht wahr, wir sind Freunde, hat sie gesagt und auf ihrem Gesicht ist ein Lächeln aufgetaucht.

Ja, habe ich gesagt, *danke*. Lass uns Freunde sein, Hanna oder Nicole, ich mag dich, wie ich alle hier mag. Hier gehöre ich her, hier sind alle verrückt, hier bin ich normal.

Ich bin zurück zum Haus gelaufen, an jenem Tag meines Teilsprachverlusts, weil mir nichts anderes einfiel. Unter den letzten Bäumen bin ich wie immer stehen geblieben und habe in den Garten gespäht, aber niemand schob den Rasenmäher herum und niemand beugte sich über die Beete. Meine Eltern hatten sich schon zum Mittagessen in ihre Küche zurückgezogen und ich brauchte für die nächsten eineinhalb Stunden keine Angst zu haben, weil sie vom Tisch direkt zum Sofa wechselten, um sich von der schlaflosen Nacht zu erholen.

So leise wie möglich öffnete ich die Haustür und betrat wieder die Wohnung, zum zweiten Mal an jenem Tag. Beim ersten Mal war die Welt noch in Ordnung gewesen, so in Ordnung, wie die Welt in einem Haus sein kann, in dem der Irrsinn wohnt. Nun war diese Ordnung zerfallen und man würde sehen, was aus den Trümmern entstehen konnte.

Der gelbe Kater hat mich oben erwartet, auf dem Vorleger zu einem Pfannekuchen zusammengerollt, und mir mit seinen hellen Augen entgegengesehen. Kleiner, wollte ich ausrufen, Liebster, aber kein Laut kam aus meinem Mund. Ich habe mich zu ihm hinuntergebeugt und meinen Kopf an seinen weißen Bauch gepresst. *Ja*, habe ich gesagt, nichts als *Ja*, aber für ihn reichte es und er fing an zu schnurren.

Er ist kein stolzer Kater, mein kleiner gelber Liebster, sondern klein und dick und sieht immer schmuddelig aus, wie eifrig er auch sein Fell putzt. Am liebsten sitzt er stundenlang reglos an einem Ort, meistens auf dem blauen Sessel im Flur, unter den er schlüpfen kann, wenn ihm etwas Angst macht. Ich konnte immer zu ihm kommen und meinen Kopf an seinen weichen Bauch pressen, wenn ich unglücklich war.

Manchmal habe ich mir gewünscht, er wäre ein kleines Haus in dem großen und ich könnte ganz klein werden und in ihn einziehen.

Ich vermisse ihn, meinen kleinen gelben Liebsten. Nachher hole ich aus dem Schrankfach wieder einmal das Portemonnaie und sehe mir das Foto an, auf dem er so verängstigt blickt. Ich hoffe, er hat keine Angst allein in dem Haus und die Nachbarin stellt ihm regelmäßig Futter und Wasser hin, auch wenn sie ihn nie zu sehen bekommt, weil er schon unter den Sessel flüchtet, wenn ein Fremder an der Haustür den Schlüssel dreht. Vergiss mich nicht, Kleiner, eines Tages komme ich wieder und dann brauchen wir beide keine Angst mehr zu haben.

Von dem grauen Kater war nichts zu sehen an jenem Mittag, sein Platz auf dem Kratzbaum war immer noch leer. Ich bin ans Fenster gegangen, um ihn zu rufen; ich hatte wieder vergessen, dass meine Kehle die Wörter nicht durchließ. Wie bei den Karpfen klappte mein Mund auf und zu, ich habe das Fenster geschlossen und mich gefragt, ob er kommen würde, wenn ich ihn nicht mehr rufen konnte, mein großer Grauer mit seinem gepflegten Tigerfell und seinem finsteren, stolzen Blick.

Gearbeitet habe ich an jenem Tag nichts mehr, nur auf dem Schreibtischstuhl gesessen, die Knie an den Körper gezogen, und mich hin und her gedreht, vom Fenster zur Tür und zurück zum Fenster mit Rundumblick über meinen gemalten Dschungel. Ich wusste nicht, ob ich die Wörter noch schreiben konnte oder ob sich meine Hand ebenso weigern würde wie meine Stimmbänder. Dann konnte ich meine Arbeit nicht mehr machen und müsste die restlichen Tage meines Lebens ohne Fluchtweg, ohne Schneckenhaus auf meinem Schreibtischstuhl absitzen und mich immer enger zusammenkauern und mich so ausgeliefert fühlen, wie wenn ich mit ausgebreiteten Armen auf dem Rücken liege.

Irgendwann war es so weit und mein Herz fing zu rasen an. Meine Mutter war auf die unterste Treppenstufe getreten, ihre schweren Schritte kamen höher und höher, unausweichlich, ich begann mich umzusehen, ob irgendwo ein Versteck war, in das ich hätte hineinschlüpfen können, fand aber keines, die Büsche und Sträucher auf den Wänden waren nur aufgemalt. Nun stand sie oben und drückte die Klinke der Tür am Treppenhaus, noch zwei schwere Schritte über den Flur und die Tür meines Zimmers würde sich öffnen und ich könnte mich nicht mehr wehren, ohne Wörter noch weniger als zuvor.

Wie im Zeitraffer vor dem Tod liefen die Dialoge der letzten Jahre in meinem Kopf ab.

Ich will nicht, dass du ohne Klopfen in meine Wohnung kommst, sage ich mit rasendem Herzschlag und zitternden Knien.

Ich wollte dir nur kurz die Zeitung/eine Suppe/etwas Kompott/den Kater/die Rechnung des Kaminkehrers bringen, sagt sie betulich.

Ich will aber nicht, dass du ohne Klopfen ...

Aber da ist doch nichts dabei, wenn man kurz die Zeitung/eine Suppe ... hereinbringt, das wird doch wohl noch möglich sein in einem Haus!, sagt sie aufgebracht.

Ich will aber nicht, dass du ...

Na gut, dann komme ich eben gar nicht mehr!, sagt sie wütend. Am besten, man wäre gar nicht mehr auf der Welt, wenn man schon gar nichts richtig machen kann in einem Haus!

In einem Haus. Die drei Wörter sprach sie stets drohend aus, mit Betonung auf Haus, als würde das Haus es bedingen, dass sie alle Grenzen überschritt, nein, als würde das Haus sie zwingen, die Grenzen zu überschreiten.

Dann konnte ich aufstehen und sie in den Arm nehmen und ihr versichern, dass sie alles richtig machte und nie etwas falsch gemacht hatte, und für die nächste halbe Stunde meine Arbeit zur Seite schieben und mir anhören, dass sie mit Tante Hilde telefoniert hätte, die nur den ganzen Tag herumsäße und sich mit ihren Kreuzworträtseln langweile, weil sie nie gelernt hätte, ein gutes Buch zu lesen, und die sich weigere, in die Kirche zu gehen, um ein paar vernünftige Leute zu treffen, und immer depressiver werde, sich aber nichts sagen lasse, was kann man machen, selbst schuld, geschieht ihr recht. Für die nächsten Momente war ich gerettet und brauchte nur *Ja* zu sagen, denn wenn meine Mutter in ihrem Fahrwasser angekommen war, andere Leute für dumm zu erklären, brauchte sie keinen Gesprächspartner, nur einen geduldigen Zuhörer und Jasager, einen äußerst geduldigen. Ich weiß nicht, wie mein Vater vierundvierzig Jahre lang *Ja* sagen konnte, er hatte wohl die Geduld der Heiligen und ist am Fegefeuer vorbei gleich ins Paradies gekommen. Später müsste ich dann noch ihre Suppe auslöffeln und die Speckbrocken darin hinunterwürgen, mich abends elend fühlen und in den nächsten Tagen traurig und wütend sein, weil ich wieder zu feige und schwach gewesen war, mich zu wehren.

Oder ich konnte mich meiner Arbeit zuwenden und nichts antworten und sie wütend die Türe zuknallen und die Treppe hinunterstapfen lassen. Dann würde ich einen Nachmittag und einen Abend lang ruhig und zufrieden sein, weil ich mich getraut hatte, eine Grenze zu ziehen, und weil die winzige Hoffnung bestand, dass sie dieses Mal respektiert werden würde. Aber nur bis zum nächsten Tag, denn dann würde meine Mutter durch den Garten schlurfen, in zwanzig Stunden um zwanzig Jahre gealtert, gramgebeugt mit zerfurchtem Gesicht, und mir zeigen, wie schlecht es ihr ging, und würde auch meinen Vater dazu gebracht haben, gramgebeugt mit zerfurchtem Gesicht durch den Garten zu schlurfen. Und wenn dies nicht ausreichte, damit ich mich schlecht fühlte und bereute und mit demütigem Gesicht in ihre Wohnung kam, um zu sagen, dass es mir leidtat und dass sie natürlich zu jeder Tages- und Nachtzeit ohne Klopfen und Klingeln in meiner Wohnung willkommen war, würde sie alle Bekannten und Verwandten und Nachbarn der Reihe nach anrufen und ihnen erzählen, dass sie wegen mir Seelenqualen erleiden müsse, und ihre Stimme würde dabei immer lauter werden, damit ich es hörte und mich schlecht fühlte, wenn ich schon böse war.

Sie bringt mich noch ins Grab!

Und ich würde die folgenden Nächte schlaflos und wütend im Bett liegen und mir überlegen, wie ich es hätte schaffen können, die Grenze zu ziehen, und würde wissen, dass ich es niemals schaffen würde, ganz gleich, was ich sagte. In diesem Haus durfte kein *Nein* gesagt werden und kein *Nicht* und schon gar kein *Ich will nicht*; jedes dieser Wörter war böse, jedes war ein Bumerang, der an meiner Mutter abprallen, umkehren und mich selber erschlagen würde.

Aber jetzt hatte das *Nein* sich erübrigt, ich konnte keines der bösen Wörter mehr über die Lippen bringen, nur auf dem Schreibtischstuhl sitzen und hoffen, dass der Kelch vorüberging, ohne dass meine Mutter etwas vom Verlust meiner Sprache bemerkte. Dann wäre wenigstens Zeit gewonnen, vielleicht hätte ich schon am nächsten Tag meine Wörter wieder.

Die Türklinke wurde gedrückt, meine Mutter trat ein, einen Topf Gemüsesuppe vor sich hertragend als Geschenk und Eintrittskarte in meine Wohnung. Der Geruch von Porree und Speck explodierte im Zimmer und füllte es bis in den letzten Winkel, ich konnte nicht anders, als die Luft anzuhalten und zu ersticken oder ihn einzuatmen und zu ersticken.

Wenn meine Mutter kochte, mischte sie immer sich selbst mit hinein, als Zutat oder Gewürz. Dann hatte ich nur die

Möglichkeit, die Suppe zu mögen oder die Suppe zu mögen. Wenn ich die Suppe mochte, mochte ich auch meine Mutter und musste das mit einem Ja und einem strahlenden Lächeln kundtun. Dann strahlten auch ihre Augen, zumindest für die nächsten Minuten. Wenn ich dagegen die Suppe nicht mochte, mochte ich auch meine Mutter nicht und musste die nächsten Tage mitansehen, wie sie und mein Vater leidend auf dem Grundstück herumgingen. In unserem Haus lautete das erste Gebot: Du sollst deine Mutter lieben von ganzem Herzen, von ganzer Seele und von ganzem Gemüte. Bei Nichtbeachtung wurde man mit dem Tod und der ewigen Verdammnis bestraft.

Ich saß mit zitternden Knien und Fingern da und hoffte nur, dass sie mein Zimmer wieder verließ, dafür war ich bereit, zu allem zu nicken und Ja zu sagen. Meine Mutter wedelte mit dem Topf in der Luft herum, der Suppengeruch drang in meine Bücher auf den Regalen und schrieb die Gedichte darin um, in jedem von ihnen stand: Du sollst deine Mutter lieben von ganzem Herzen ...

Und, ist alles in Ordnung zwischen uns?, hat sie forschend-drohend gesagt und versucht, mir tief in die Augen zu sehen. Ich meine, weil du heute Vormittag weggelaufen bist?

Ja. Ich habe den Blätterstapel auf meiner Schreibunterlage geradegerückt und meine zitternden Finger schnell unter den Achseln vergraben.

Ich habe dir nur etwas Suppe gebracht, die magst du doch, oder?

Wieder versuchte sie meinen Blick zu erwischen, aber ich war in die letzten Sätze auf dem obersten Blatt vertieft.

Ja. Danke.

Diese Scheißangst.

Jetzt muss ich allmählich zu schreiben aufhören, damit ich noch vor dem Abendessen zu zittern aufhöre. Sonst werden sie es ins Buch notieren und ich bekomme morgen zwei Tabletten statt einer und sitze den ganzen Tag wieder umwabert von rosa und hellblauen Nebelschwaden auf meinem Stuhl und mag nicht schreiben. Durch die Glastür werden die Essenswägen geschoben, der Geruch von Pfefferminztee weht den Flur entlang bis zu mir. Wenn ich eines Tages draußen sein sollte, werde ich nie mehr Pfefferminztee trinken, schon der Geruch macht einen krank.

An jenem Tag ist nicht mehr viel geschehen. Ich habe zu allem *Ja* gesagt und mich bemüht, das Lächeln auf meinem Gesicht zu halten, und war froh, als meine Mutter den Schlusspunkt hinter ihren Lästereien gefunden hatte, den Topf auf meinem Schreibtisch abstellte und mit zufriedenen Schritten die Treppe hinunterstapfte. Ich bin sitzen geblieben und habe mich hin und her gedreht und aus dem Fenster gesehen, in den Nachbargarten mit seinen glatten Rasenflächen, und habe die Nachbarin beneidet, weil sie dort ohne Mutter und Vater wohnte. Ab und zu hat der gelbe Kater vor meiner Tür gestanden und maunzend darum gebeten, auf den Arm genommen zu werden. Dann habe ich ihn an mich gedrückt, seine nasse Schnauze an meinem Hals gespürt und sein Schnurren an meinem Ohr gehört, bis er, durch ein Geräusch im Haus erschreckt, heruntersprang und sich verkroch.

Der Graue ist erst gegen Abend gekommen. Hoch aufgerichtet stand er im Flur und wartete darauf, seine Stirn an meine zu pressen und mich mit steil erhobenem Schwanz zu den Futterdosen zu führen. Er war ohne mein Rufen gekommen und ich habe mir vorgenommen, am nächsten Tag keine Angst zu haben, jedenfalls nicht um ihn.

Abends bin ich in die Küche gegangen und habe die Suppe in den Abfluss tropfen lassen und mit Wasser nachgespült, die im Auffangnetz zurückgebliebenen Speck-, Porree- und Zwiebelstücke in den Müll gegeben, vorsichtig mit Kartoffelschalen vom Vortag zugedeckt und den Eimer draußen auf den Kompost geleert. Dann habe ich den Topf gespült, abgetrocknet und auf die neunte Stufe der alten Treppe gestellt, auf der meine Eltern und ich uns manchmal Dinge hinstellten, wenn der andere, das heißt meine Eltern, gerade schlief und nicht gestört werden durfte.

Danach habe ich das Spülbecken gründlich gereinigt, den Küchenfußboden gewischt und die alten, dunklen Möbel der Großmutter poliert, den Tisch und die drei Stühle mit den gesprenkelten Sitzflächen, die Anrichte und den Schrank mit den verblassten grünlichen Vorhängen hinter den Scheiben. Wenn ich mich unwohl fühlte, musste ich etwas wischen und schrubben, auch wenn ich wusste, dass Sünden nicht auf den Möbeln kleben und sich mit dem Lappen nicht abwaschen lassen. Aber wenn in einem Raum alle Flächen blitzblank waren und ich inmitten dieser gereinigten Leere saß, fühlte ich mich ein wenig wohler. Etwas war wieder in Ordnung, wenn auch nicht viel.

Zum Schluss habe ich alle Fenster weit geöffnet, um den Geruch der Suppe hinauszulassen Ich mag weit geöffnete Fenster, der Wind weht ungehindert durchs Haus, bei der Küche herein, durch das Schlafzimmer wieder hinaus, man hat das Gefühl, im Freien zu leben. Es wird zwar kalt, aber richtig kalt, ehrlich kalt, so dass einem danach wieder warm werden kann. Weit geöffnete Fenster sind ebenso ehrlich, wie gekippte Fenster heimtückisch sind. Die Fenster in meiner Wohnung werden in Zukunft nur noch ganz weit geöffnet sein.

An jenem Abend konnte ich lange nicht einschlafen. Ich wollte den vergangenen Tag vergessen, vielleicht hatte es ihn dann gar nicht gegeben und es wäre morgen alles wieder wie vorher. Mit aller Kraft habe ich mich in den Dschungel hineingewünscht, in den ich mich immer hineinwünsche, um in den Schlaf zu gleiten. Der Gedanke an Dämmerlicht und grüne Pflanzen von allen Seiten beruhigt mich, Raubtiere machen mir keine Angst, andere Menschen brauche ich dort nicht zu fürchten, weil sie sich wegen der Raubtiere nicht hereinwagen. Sonst konnte ich mit diesen Bildern schnell einschlafen, aber nicht an jenem Tag. Je mehr ich es versuchte, desto weniger gelang es. Immer wieder rissen mich Fragen aus dem Dämmerlicht. Hatte ich wirklich die Sprache verloren? Wie sollte ich sprachlos weiterleben? Erst gegen Morgen sind die Fragen mit meiner Müdigkeit verschwommen und ich bin langsam weggedämmert.

2. Tag

Ich hätte heute Nacht aufstehen sollen und weiterschreiben, statt wach zu liegen. Dann wäre ich jetzt nicht müder, als ich bin, aber schon ein Stück weiter. Im ersten Drittel der Nacht hat Ilse mich mit ihren Schnarchtönen und den Pausen dazwischen immer wieder hochschrecken lassen. Nicht einmal der Schlaftablette am Abend gelingt es mich dagegen taub zu machen, sie macht mich nur so matt, dass ich im Bett liege und nicht aufstehen und den Nachtdienst um Ohrstöpsel bitten kann. Als Ilse sich endlich auf die Seite gewälzt hat, ist Martha aufgewacht, vielleicht von der plötzlichen Stille, hat sich im Bett aufgesetzt und begonnen den Rosenkranz zu murmeln, unterbrochen von Seufzen und Rufen: Bitte, Herr Bischof, helfen Sie mir, so helfen Sie mir doch endlich, bitte, Herr Bittof. Im letzten Drittel der Nacht haben wir alle drei geschlafen, bis die Schwester zum Wecken hereinkam. Martha ist in ihre Pantoffeln gefahren, an mein Bett getreten und hat mich angeschrien: Du hast heute Nacht mein Gebiss gestohlen!

Ja, habe ich gesagt. Was hätte ich sonst sagen sollen.

Schwester, hat sie gerufen und ist auf den Flur gelaufen. Die hat mein Gebiss gestohlen!

Ja, hat Schwester Christine gesagt, als sie ins Zimmer geeilt kam. Aber schauen Sie, hier am Waschbecken liegt ein genau gleiches. Nehmen Sie doch einstweilen dieses, bis Sie Ihres wiederbekommen.

Sie macht es gut, Schwester Christine mit ihrem ewig lächelnden lockenumrahmten Gesicht. Manche Leute muss man belügen, sie können nur mit der Lüge leben. Meine Mutter hätte hier gut hereingepasst.

Nun habe ich wieder den Block herausgeholt und schreibe und erinnere mich. Es ist gut, hier am Tisch zu sitzen und auf die blaue Wand zu blicken, während in den Zimmern Wasser läuft und Schritte zu hören sind. Man kann genau die festeren Schritte der Schwestern mit ihren Gesundheitssandalen von den schlurfenden Schritten der Patienten mit ihren Pantoffeln unterscheiden. Mein Kopf ist klar, der Tablettennebel wird sich erst nach dem Frühstück ausbreiten und mich oder die Welt in Watte hüllen. Ich will mich nicht mehr vernebeln lassen, ich will aus dem Nebel heraus. Ich glaube, dass man die Angstgespenster erst hinter sich lassen kann, wenn man ihnen in die Augen gesehen hat.

Ein Dienstag, der erste Tag nach dem Sprachverlust, das erste Aufwachen ohne Sprache. Ich hatte nur ein paar Stunden geschlafen, aber in dieser kurzen Zeit war ich unversehens in die Mongolei geraten und in einer Jurte aufgewacht, als Mitglied einer Familie mit sonnengegerbten Gesichtern, die in großen Töpfen Schaffleisch kochte. Ich bin nachts oft in Ländern unterwegs, die ich nie bereisen werde. Immer bedaure ich es morgens, aufgewacht zu sein in meiner Gegend, wo ich jeden Grashalm kenne und jeder mir grau erscheint, und wünsche mich in den Traum zurück.

Plötzlich war der Schreck da, gleichzeitig mit der glühenden Hoffnung. Vielleicht war der gestrige Tag ein Teil des Traums gewesen und ich hatte meine Sprache gar nicht verloren? *Das hast du nur dir eingebildet*, ein Lieblingssatz meiner Mutter. Diesmal hätte ich etwas darum gegeben, wenn er wahr gewesen wäre.

Alle paar Wochen hatte ich diesen Satz gehört. Ich auf meinem Balkon kauernd, dicht über den Brettern, um von unten nicht gesehen zu werden. Sie drunten auf der Gartenbank, die sie in ganzer Breite einnahm, die Kaffeetasse in der Hand, ihr gegenüber Tante Anita auf einem Gartenstuhl, ebenfalls die Kaffeetasse in der Hand. Ich auf dem Balkon hörte meinen Namen: Maria ist wirklich eiskalt. Sie geht vorbei, ohne ein Wort zu einer Mutter zu sagen.

Meine Mutter beherrschte das Spiel mit den Wörtern in allen Facetten. Sie sagte nicht „ohne ein Wort zu mir" oder „zu ihrer Mutter", sondern „zu einer Mutter", und vor den Augen entstand sofort das Bild einer Mutter, des Urbildes aller Mütter, die einsam, arm und allein auf einem Hügel sitzt und bettelnd die Hand ausstreckt, während die in prächtige Gewänder gehüllte Tochter mit abgewandten Blicken vorbeigeht und nichts hineinlegt. Nicht im Bild war die Szene am Morgen des gleichen Tages, in der die Tochter in ihrem eigenen Flur steht, noch den Korb in der Hand, ungehört von den Eltern, die sie beim Einkaufen wähnen und in ihrer Wohnung hingeworfene Kleidungsstücke und zerknülltes Papier entdeckt haben. Hier sieht es ja aus wie bei den Müllmännern!, sagt der Vater murrend und die Mutter mit künstlich erhobener Stimme wie im Puppentheater: Aber wir brauchen ja keine Hilfe, wir können ja alles selber machen! Die Tochter schafft es gerade noch in den Abstellraum zu schlüpfen, bevor sie mit dem Rotkäppchenkorb in der Hand zur Salzsäule wird.

Diese Szene wurde für Tante Anita nicht sichtbar, nur das Bild der armen, einsamen Mutter auf dem Hügel, denn sie bekam traurige Augen, setzte die Kaffeetasse ab und sagte: Das tut mir aber leid für dich.

Tante Anita, die kleingewachsene, nette Cousine meiner Mutter, die ich immer gemocht und um die ich meine beiden Großcousinen beneidet habe, weil man vor ihr keine Angst haben konnte. Sie drohte immer damit, einen Wutanfall zu bekommen, musste aber bei der Drohung über sich selber lachen, ganz gleich, ob sich der Abdruck eines Marmeladenbrots auf der Bettdecke zeigte oder auf dem Heizkörper eine Parfümdose explodierte oder jemand sagte: Ich will nicht. Nun saß sie meiner Mutter gegenüber und hatte meinetwegen traurige Augen.

Am nächsten Morgen stehe ich mit zitternden Körperteilen vor meiner Mutter wie vor dem Weltenrichter.

Ich will nicht, dass du bei Tante Anita über mich schimpfst.

Wann soll ich denn geschimpft haben, meint sie herablassend. Ich habe gar nicht über dich geredet. Da hast du dich wohl verhört.

Ich habe aber genau meinen Namen gehört.

Ach so!, wird sie noch herablassender. Das war doch alles nur humorvoll gemeint. Du nimmst immer alles viel zu ernst.

Es hat aber wütend geklungen.

Ach Quatsch! Jetzt klingt sie abfällig. Das hast du dir nur eingebildet, weil du krankhaft alles auf dich beziehst.

Ein Satz, der wie ein großer Radiergummi in meinen Kopf fährt und die anderen Sätze auszulöschen versucht. Tatsächlich, ich weiß nicht mehr genau, welche Wörter sie gesagt hat und in welcher Reihenfolge und in welchem Tonfall, ich könnte die Sätze nicht wiederholen, vielleicht hat sie sie gar nicht gesagt, in meinem Kopf sind leere Stellen, ich weiß gar nichts mehr genau, nicht einmal der Vorname von Hitler fällt mir mehr ein, ich habe den Verstand verloren, ich kann nur noch hinauslaufen aus der Küche, die Tür etwas lauter schließen als sonst und mich in den Wald flüchten.

Vier, fünf Stunden musste ich an solchen Tagen durch den Wald laufen, bis ich mich so weit beruhigt hatte, dass ich wieder für eine Weile am Schreibtisch sitzen konnte. Aber die Seiten, die ich dann las und korrigierte, musste ich alle nochmals lesen, immer wieder bildeten sich vor meinen Augen leere Flecken, die sich über die Wörter legten und die Kommafehler oder Grammatikfehler verbargen, und erst beim vierten Lesen entdeckte ich keine mehr. Abends saß ich da und rechnete aus, wie viel ich an diesem Tag verdient hatte, und stellte fest, dass es nicht genügte, um davon zu leben, nicht einmal, um die Specksuppe meiner Mutter zurückzuweisen. Beim Finanzamt war ich als Selbständige geführt, aber wenn ich das Wort auf den Formularen las, bekam ich einen bitteren Lachkrampf: Niemand konnte unselbständiger sein als ich.

An jenem zweiten Tag habe ich es nicht gewagt mich zu regen und bin so lange still liegen geblieben, bis meine Füße eiskalt waren und die Kälte zu den Knien heraufkroch. In dem Haus war mir immer kalt, nur im Schlaf nicht. Nachts träumte ich sogar manchmal vom Barfußgehen im warmen Wüstensand, aber beim Aufwachen war die Restwärme ebenso schnell verschwunden wie das Traumland.

Ich spüre meine Füße in den Wegwerfpantoffeln, sie sind kühl, aber nicht mehr so kalt, als wären sie abgeschnürt, abgeschnitten von jeder Wärmequelle. Etwas Blut scheint hindurchzufließen, an den Knöcheln vorbei zu den Zehen. Vielleicht werde ich diesen Sommer barfuß in meinem Haus herumlaufen. Die alte Treppe mit dem grauen Linoleumbelag hinunter und die neue Treppe aus dem hellen Buchenholz wieder hinauf, so schnell, dass die Füße auf jeder Stufe platschen. Einfach laufen und sich am Leben freuen und sich an der eigenen Freude am Leben freuen, für die man nicht mehr bestraft werden kann.

An jenem ersten Tag nach dem Verlust war der Himmel schon morgens hellblau, es würde ein sonniger Vorfrühlingstag werden. Ich mag den Vorfrühling, diese langen Wochen, in denen das Gras nur unmerklich wächst und die Wasserfläche des Teichs zwischen den kahlen Bäumen groß aussieht wie das Meer. Ich stelle mir immer vor, wie es sein wird, im Frühling unter der grünenden Birke am Teich zu liegen, und in der Vorfreude ist es schöner, als wenn es eintrifft.

Ja, habe ich ins Kopfkissen gesagt und mich mit beiden Armen an meiner Bettdecke festgeklammert, als wäre sie ein Mensch, ein Beschützer, den ich nie gehabt habe. Das Wort klang heiser und gespenstisch in der Stille des Schlafzimmers, aber es klang. Dieses Wort konnte ich nach wie vor sprechen. *Nein*, habe ich versucht zu sagen, aber wieder blieb alles still. Ich hatte es mir nicht eingebildet, meine Wörter waren weg. Meine Hoffnung ist in sich zusammengefallen und ich habe mir die Bettdecke über den Kopf gezogen und mir ein Schneckenhaus gewünscht, in dem ich verschwinden könnte.

Schwester Manuela, stehen Sie doch nicht so vorwurfsvoll neben mir! Nein, ich gehe heute nicht mit zum Wassertreten, ich bin beschäftigt, das sehen Sie doch. Halten Sie mir nicht so tadelnd die Mappe mit dem Wochenplan unter die Augen. Nein, ich verweigere nicht die Mitarbeit, ich bin gerade dabei mitzuarbeiten. Ich versuche meine Vergangenheit unter mich zu treten und bin gespannt, wann sie drunten bleibt und nicht mehr heraufschwappt wie das eisige Wasser im Badetrakt an den Knöcheln. Gehen Sie mit den anderen hinunter und lassen Sie mich hier sitzen vor meinen linierten Blättern.

Na gut, ich komme ja schon.

Ohne Sprache zu sein hätte mir keine Angst gemacht, wenn ich allein gelebt hätte. Es fehlt mir nicht, mit den Menschen zu reden, ich traue beiden nicht, den Wörtern wie den Menschen. Es würde mir wesentlich schmerzlicher fehlen, nicht gehen zu können. Aber meine Eltern durften nichts von meinem Verlust bemerken, sonst würden sie mich von Arzt zu Arzt bringen, und wenn das nichts half, von Pfarrer zu

Pfarrer. Du brauchst Heilung in deinem Leben. Unsere Hilfe kommt vom Herrn. Er kann Menschen verändern.

Mein Leben war ein einziger Versuch meiner Mutter, mich zu ändern. Unausgesprochen, undenkbar, schon verwerflich war in unserem Haus der Satz: *Bleib, wie du bist.* Ich habe immer die Mitschülerinnen beneidet, die am Geburtstagsmorgen von ihren Müttern in den Arm genommen wurden und diesen Satz gesagt bekamen. Meine Mutter umarmte mich auch, aber mit einer Umarmung, gegen die sich mein ganzer Körper wehrte, ihr Gesicht sah betrübt dabei aus und ihre Stimme klang besorgt, wenn sie sagte: Wir wünschen dir Gottes Segen.

Mein Geburtstag war der beklemmendste Tag des Jahres; schon Wochen vorher hätte ich ausreißen mögen, ausreisen in ein anderes Land, wo mich niemand findet, und noch am Tag vorher hoffte ich auf ein Mauseloch oder den Weltuntergang. Aber dann war der Tag da, der Tisch mit dem guten blauen Kaffeegeschirr gedeckt und die Sahne geschlagen. Die Feier begann mit der Frage der Mutter, die ein versteckter Vorwurf war: Vor dem Essen sollten wir aber schon ein Lied singen, oder? Zwischen den Wörtern, nur im Klang ihrer Stimme, ein Seitenhieb auf alle dummen Leute, die das Essen nicht mit einem Gebet oder Lied begannen, sondern einfach drauflosfraßen wie die Tiere. Gerade am Geburtstag sollten wir Gott doch unsere Dankbarkeit zeigen, oder?? Wobei das *Wir* und *Uns* mich meinte, weil ich immer so undankbar war. Mit zugeschnürter Kehle stimmte ich ein in den Imperativ: Danket, danket dem Herrn! Meine Mutter sang laut und schleppend, mein Vater und Tante Anita leiser, Tante Hilde und Tante Elli misstönend, ich fast lautlos, ein weiterer Beweis meiner Undankbarkeit.

Wenn das Lied überstanden war, durfte ich die Geschenke öffnen: Pizzagutscheine, damit ich endlich dicker würde. Klassik-CDs, damit ich endlich nicht mehr diese Krawallmusik hörte. Und natürlich Bibelverse, Bibelkärtchen, Bibelkalender, Bibellesehefte. Ich sollte endlich anders werden, so, wie Gott und die Eltern mich wollten, dankbarer, zufriedener, fröhlicher. Ich gebe zu, dass ich selten fröhlich war. Traurigkeit und Beklemmung waren wie Wolken, die über mir hingen und mit mir gingen, bis auf die seltenen hellen Momente, wenn kein Mensch in der Nähe war und es mich überkam, quer über die Straße zu hüpfen oder beim Wäscheaufhängen das Lied von dem Kalb und der Schwalbe zu singen. Aber die Wolken wären davongestoben, wenn sie mich hätten sein lassen, wie ich war.

An meinem nächsten Geburtstag, dem zweiundvierzigsten, werde ich zum ersten Mal allein sein. Alleinsein ist eine traurige Sache für Leute, die unter Leuten Luft bekommen; für mich ist es eine fröhliche. Ich werde mir selber Kuchen backen und mit mir selber feiern, am Teich, und werde keine Bachkantaten hören, kein dröhnendes, drohendes Danket und Lobet, sondern Pia Zadora: *And when the rain begins to fall I'll be the sunshine in your life*, und über mir wird die Sonne scheinen.

Aber zurück jetzt, ich habe noch viel vor, bis mich nach dem Frühstück die Logopädin abholen kommt. Zurück ins Bett, am Morgen des zweiten sprachlosen Tages. Was sollte ich tun, um den Hilfs- und Heilungsversuchen meiner Eltern zu entgehen? Meine lang nicht benutzte Reisetasche vom Dachboden holen, drei, vier Kleidungsstücke hineinwerfen und mich aus dem Haus schleichen, bevor sie aufgewacht waren, zum Bahnhof eilen, bevor sie mein Fehlen bemerkten, um in den Morgenzug nach Berlin oder Hamburg zu steigen? Ohne Sprache konnte ich mir kein Zimmer mehr mieten, keine Wohnung mehr nehmen, geschweige denn eine Arbeit finden. Das hätte ich alles früher tun müssen.

Irgendwann habe ich mich aus dem Bett gezwungen und bin auf den Flur gegangen. An jenem Morgen waren beide

Kater schon da. Der Graue thronte auf der Plattform des Kratzbaums und stand zur Begrüßung mit einem fragenden Gurren auf. Ich rieb meine Stirn an seiner und grüßte wortlos zurück. Der Gelbe hatte sich auf dem Sessel zusammengerollt und kehrte mir den Rücken zu. Ich strich mit dem Finger über den dunkleren Streifen in der Mitte des gelben Rückens, was er mit einem Seufzen beantwortete und sich enger zusammenzog. Ich habe ihn beneidet, weil er immer mit sich zufrieden war und sich nicht darum scherte, was andere von ihm hielten.

Beim Frühstückmachen gelang es mir, nichts zu denken. Ich hastete in der Küche hin und her und stellte den Tisch mit Dingen voll, die ich nicht brauchte, Teller, Müslischale, Käse, Obst, Marmelade, Honig und Milch. Am Ende setzte ich mich nicht an den Tisch, sondern trank den Kaffee im Stehen, die Tasse mit den Händen umschließend, damit sie die Wärme nicht an die Luft abgab, sondern an mich.

Der Teich lag grau und reglos da, die Zweige der Birke vor dem rechten Küchenfenster hingen noch nackt herunter, würden aber bald anfangen zartgrün zu schimmern. Die Birke hatte sich erst mit den Jahren entschieden, eine Trauerbirke zu werden, die unteren Äste reckten sich gerade nach oben, während die oberen Zweige nach unten hingen, von unsichtbaren Lasten gezogen. Sie sah mir ähnlich und ich hatte in jedem Jahr Angst, dass sie nicht grünen würde; dann würde ich sterben und hatte nicht richtig gelebt. Und ich war in jedem Jahr wieder erleichtert, wenn um die Äste der erste grüne Schimmer sichtbar wurde, während die Pappeln dahinter schon deutliche Blätter trugen und das Schilf grüne Lanzen aus dem Wasser streckte. Es ist doch das Paradies, was du hier hast, sagte meine Mutter triumphierend, wenn sie am Fenster stand, und ich verkniff mir zu sagen, dass schon der Garten Eden wegen der Menschen nicht lange das Paradies geblieben war.

Später am Vormittag würde mein Vater mit einem Eimer durch den Garten gewandert kommen und meine Fische mit seinen Brotresten füttern, gegen Mittag würde er seinen Rasenmäher über meinen Rasen schieben und ich würde hinter meinem Fenster stehen, mit zitternden Knien vor Wut und Angst und Wehrlosigkeit.

Jedes Jahr war ich ein- oder zweimal mit zitternden Knien hinausgegangen und hatte mich voller Angst und voller Wut auf meine Angst vor ihn hingestellt und mit gepresster Stimme gesagt: Ich möchte den Rasen gern selber mähen.

Die braunen Augen in dem schmalen Gesicht verfinstern sich zu Schwarz.

Aber das kann ich doch machen, ich habe ja Zeit.

Ich möchte aber den Rasen selber ... das ist ja jetzt mein Grundstück.

Das schmale, sachliche Gesicht des Mannes, das auf jedem Foto gleich aussieht, verwandelt sich in das eines Drachen, der mir einen Satz ins Gesicht spuckt: Dann stell doch ein Schild auf: Privatgrundstück, damit niemand mehr etwas anfasst!

Dann lässt er den Rasenmäher stehen und stapft durch den Garten davon und läuft den Rest des Tages mit Drachenaugen über das Grundstück, weil der unordentliche Rasen die Mutter stört, weil ich nicht fähig bin, mich um das Grundstück zu kümmern, und mir nicht habe helfen lassen.

Nun gut, ich gebe es auf.

Erstaunlich, dass man mit geschriebenen Worten das Herz so zum Rasen bringen kann, dass es bis in die Hand hinein pocht und den Kugelschreiber Haken schlagen lässt. Ich werde meinen Block zuklappen und mich auf meinem Stuhl zusammenkauern, bis sie das Frühstück bringen, die immer gleichen Brotscheiben, abgepackten Marmeladen, Butter-Rechtecke und Fruchtjoghurts, und danach den kleinen Plastikbecher mit den Tabletten, an der Tür von der

Schwester gereicht und heute von mir erwartet wie das heilige Abendmahl. Ohne ein wenig Vernebelung kann ich das Bild meiner Eltern noch nicht ertragen. Erst einmal Frühstück.

Mein Vater war vom Krieg in die Rolle des Helfers gesteckt worden und nie wieder herausgekommen. Du bist jetzt mein kleiner Helfer, soll die Großmutter zu ihm gesagt haben, als er zwölf war und der Großvater sein Leben für Volk und Vaterland gelassen hatte. Mein Vater war gleich ein ganzes Stück gewachsen, in die Schuhe des Großvaters hinein, die er tragen musste, um mit der Sense die Hänge hinter dem Haus zu mähen, die Erde für die Kartoffeln umzustechen, zerbrochene Spatenstiele auszutauschen, im Schuppen kaputte Fenster durch Bretter zu ersetzen und seine kleinen Schwestern zu schlagen, wenn sie der Mutter nicht gehorchten.

Meiner Großmutter war jedoch nicht zu helfen gewesen. Ich habe sie als dünne Frau in Erinnerung, die Kette rauchend am Fenster saß und bei jeder Gelegenheit zu weinen anfing. Sobald sie mit etwas Traurigem oder etwas Schönem konfrontiert wurde, und wenn es nur ein rosa Kleid war, wurden ihre großen blassblauen Augen noch größer und wässriger, und dann setzte es ein, ihr mikrofonverstärktes Schluchzen, das man mehrere Häuser weit hörte und vor dem ich gern weggelaufen wäre, statt mich von den dürren, fleckigen Armen umklammern und an die nassen Wangen drücken zu lassen.

Jeden Samstag mussten wir zur Großmutter fahren. Jeder Samstag begann mit dem Seufzen meiner Mutter, weil sie einen anstrengenden Tag voraussah, und mit dem ernsten Gesicht meines Vaters, der anbot zu Hause zu bleiben, und mit einer kleinen Hoffnung meinerseits, dass wir heute nicht fahren würden. Aber die Hoffnung erfüllte sich nie, es war unsere Pflicht zu fahren, und meine Pflicht war es, ein nettes Kleidchen zu tragen und zur Großmutter nett zu sein. Jeder Samstag endete damit, dass ich erleichtert das Kleid abstreifte, während meine Mutter sich seufzend in voller Länge auf dem Sofa ausstreckte, mein Vater mit ernstem Gesicht auf dem Sessel saß und sich in der Wohnung ein allgemeines Gefühl der Zufriedenheit ausbreitete. Ein Besuch bei der Großmutter musste anstrengend sein; wäre es ein netter Nachmittag mit Kaffee und Kuchen bei netten Verwandten gewesen, wären wir keine guten Menschen gewesen und hätten ebenso gut daheim bleiben können.

Als ich fünf war, klingelte an einem Samstag frühmorgens das Telefon und wir erfuhren, dass die Großmutter an einem Herzinfarkt gestorben war. Ich war erleichtert und fühlte mich schlecht wegen meiner Erleichterung. Am Grab konnte ich keine Träne aus meinen Augen pressen, während meine Eltern weinten, die Mutter geräuschvoll mit verzerrtem Gesicht und der Vater leise schniefend. Vielleicht würde es ihnen fehlen, sich jeden Samstag als gute Menschen erweisen zu können. Das rosa Kleid habe ich nie mehr angezogen.

Mein Vater war Installateur geworden, um seiner Mutter zu helfen, seiner Mutter in anderer Gestalt. In der Fabrik wurde er zu Hilfe gerufen, wenn irgendwo ein Rohr tropfte oder ein Klo verstopft war oder kein Wasser mehr aus dem Hahn kam. Aber es war niemand da, dessen Augen sich mit Glückstränen füllten, wenn er kam, keine Mutter, die ihm den Arm um den Hals schlang, wenn er das Rohr oder das Klo oder den Wasserhahn repariert hatte, der Chef dirigierte ihn gleich zum nächsten Rohr weiter. Mein Vater hatte die Arbeit in der Fabrik nicht gemocht, war abends mürrisch und schweigsam nach Hause gekommen und nach einer halben Tasse Kaffee in den Garten gegangen, um dort weiterzuarbeiten, wo er dafür belohnt wurde, nicht mit einem Gehalt, sondern mit einem Gefühl, mit Dankbarkeit.

Er war der Helfer, den meine Mutter brauchte. Er half nicht nur ihr und der Großmutter, das marode Haus zu reparieren und den verwilderten Garten in Ordnung zu bringen, er half meiner Mutter, die Wunden aus ihrer Kindheit zu schließen. Sie ihrerseits half ihm, die Schuhe seines Vaters auszufüllen. Die beiden halfen sich gegenseitig und wurden ein unzertrennliches Ganzes. Nur ich fand darin keinen Platz, weil ich keine Hilfe wollte. Hätte ich im Rollstuhl gesessen und mich nicht bewegen können, wären sie den ganzen Tag glücklich gewesen, mir Rasen zu mähen, mir Suppe zu kochen, mir Wäsche zu waschen und mir den Speichel vom Kinn zu wischen. Und ich hätte es geschafft, den ganzen Tag dankbar zu lächeln, weil ich zu nichts anderem fähig gewesen wäre, und wir hätten glücklich und zufrieden gelebt bis an das Ende unserer Tage.

Das Herz rast noch immer, aber es bleibt an seinem Platz und bringt auch den krokuslila Kugelschreiber nicht mehr von seinem geraden Weg ab, nur bei den langen Buchstaben wie dem t sind die Linien verzittert. Ich bin gespannt, wann die Wörter *Mutter* und *Vater* nur noch Schriftzüge auf dem Papier sein werden und mir nicht mehr diese Angst einjagen, die mich in den Körper des Kleinkinds zurückrutschen lässt. Das Kind will alleine laufen und weist die Hand der Mutter zurück. Die Mutter wendet sich wütend ab, das Kind fällt hin und hat ein Loch in der Strumpfhose. Die Mutter fährt wieder herum und versohlt ihm den Strumpfhosenhintern und sperrt es im Keller ein, bis es aufhört zu schreien. Beim nächsten Mal will das Kind wieder alleine laufen, aber nicht aus Neugier und Lebensfreude, sondern aus Trotz.

Kind hatte mein Vater nicht sein dürfen, jedenfalls nicht als Kind. So war er es als Erwachsener, an den Sonntagnachmittagen, wenn niemand ihn zu einem gesprungenen

Rohr oder einem verstopften Klo holte. Er saß am Tisch und baute Häuser für mich, Spielhäuser, Puppenhäuser, Modellbahnhäuser. Vielleicht ahnte er, dass ich einen Raum für mich brauchte, und wollte mir auch dabei helfen; an der Tür meines Zimmers steckte kein Schlüssel, ebenso wenig wie an der Badezimmer- und der Toilettentür, jederzeit konnte jeder herein. Aber die Häuser meines Vaters waren zu klein, um darin zu wohnen, manche hatten nicht einmal einen Eingang, die Türen waren nur aufgemalt. Man konnte sich nur vorstellen, einzutreten und dort zu wohnen.

Diese Spiele mit dem Vater duldete meine Mutter, nein, verlangte sie. Jetzt geh doch und spiel etwas mit dem Vater. Manchmal setzte ich mich zu ihm an den Tisch, manchmal nicht, aber dann tat er mir leid, wenn er allein dasaß und an seinen Häusern baute, in denen nie jemand wohnen würde. Er tat mir leid wie ein Kind der Mutter.

Nun bin ich aus der Mutterrolle herausgefallen und empfinde nichts mehr. Ich kann mir nicht einmal sein Gesicht vor Augen rufen; zwar weiß ich, dass es schmal und blass war, dass seine Augen braun waren, seine Haare schütter, die Lippen und die Augenbrauen dünn, aber die Teile bleiben in der Luft hängen und fügen sich nicht zu einem Ganzen zusammen. Ich weiß nicht, ob er mir fehlen wird auf meinem Grundstück.

Ich werde den Rasen selber mähen; was für alle Nachbarn lästige Pflicht ist, wird mir eine Freude sein. Ich werde den Zaun umwerfen, der den Garten vom Teichufer trennt, ich werde die Johannisbeersträucher, Erdbeersträucher, Stachelbeersträucher, Holundersträucher herausreißen und an den Waldrand werfen und dort verdorren lassen und mich freuen, dass niemand mich dafür hasst, und werde die kleinen Flächen des Gartens zusammensetzen zu einer großen Wiese, so weit und grün und leer, dass man beim Darübersehen ganz ruhig wird und der Blick dahinter direkt in den

Teich stürzt. Und dann werde ich mich mitten hineinsetzen und über das Gras auf das Wasser blicken und irgendwann lächeln können bei der Erinnerung an unsere früheren Dialoge.

Ich will den großen Johannisbeerstrauch in der Mitte weghaben.

Der Satz „Ich will nicht" war in dem Haus streng verboten, aber auch der Satz „Ich will" gefährdete den Familienstaat. Das wollende Organ war meine Mutter, das ausführende Organ war mein Vater, ein kontrollierendes Organ, das beiden Grenzen gesetzt hätte, gab es nicht.

Ins Gesicht meiner Mutter kam Bewegung, die Augen verfinsterten sich, die Mundwinkel zuckten, die Haare begannen abzustehen.

Aber den hat doch schon der Großvater gepflanzt!, sagt sie aufgeregt.

Aber der trägt doch jedes Jahr Beeren!, sagt mein Vater aufgeregt, weil meine Mutter aufgeregt ist.

Ich möchte ihn aber weghaben, weil ich mich zwischen all den Sträuchern beengt fühle. Vielleicht können wir darüber im Frühling noch einmal reden.

Vielleicht, sagen sie brummelnd, dann sagen sie nichts mehr und ich wende mich zum Gehen, um mich auf meinen Stuhl zu kauern, bis das Zittern aufhört. Ich weiß zwar, dass sie nicht zustimmen werden, aber bis zum Frühling werde ich mir vorstellen, wie es sein wird, auf der großen Fläche zu sitzen, und mich in meine Vorfreude hineinlegen.

Diese ist kürzer als erwartet. Am nächsten Tag sitzt meine Mutter im Garten, Kaffeetasse in der Hand, ihr gegenüber meine Cousine Moni, Kaffeetasse in der Hand.

Dass ich den schönen Strauch ausreißen will, den schon der Großvater gepflanzt hat und der jedes Jahr Beeren trägt!, erzählt meine Mutter mit Schleifpapier in der Stimme. Dass schon die beiden Katzenviecher die ganzen Beete zerwühlen und man gar nichts mehr anpflanzen kann, dass meine Ideen immer so hirnrissig sind und man gar nicht mehr weiß, was man machen soll!

Wenn meine Mutter verzweifelt war, weil ich anders wollte als sie, ging sie vom Ich zum Man über. Kein umgrenztes Ich war verzweifelt über mich, sondern die Allgemeinheit, die Menschheit. Die Menschheit, aus der ich mich durch meine Widerspenstigkeit selber ausschloss. Und meine Cousine Moni, die ich nicht liebte, aber auch nicht hasste, lässt sich mit hineinnehmen in die Menschheit, sitzt auf ihrem Stuhl und nickt mit betrübter Miene, während ich um die Hausecke spähe, voller Angst und Wut, die sich zu einer größer werdenden Lust vereinen, das Haus und das Grundstück in die Luft zu sprengen, mit uns allen darauf.

Ich muss wieder einmal einen meiner grünen Zettel nehmen und mich zu Ulla in den Aufenthaltsraum setzen, wenn die beiden Russinnen beim Korbflechten sind. Warum ist eigentlich Bernadette hier?, werde ich auf den Zettel schreiben. Ullas Gedächtnis hat noch Drogenlücken und sie wird nicht mehr wissen, dass ich sie bereits zweimal gefragt habe, weil ich es immer wieder gern höre. Bernadette im vorderen Zimmer, die Zweimeterfrau mit finsterem Blick und dunkel gebräunter Haut, die nur zu den Mahlzeiten herauskommt. Wegen ihres Exmanns soll sie ihr Haus in Brand gesetzt haben, ein Zimmer nach dem anderen, und sich im Keller versteckt haben, um mit dem Haus zu verbrennen, aber das Feuer verbreitete sich zu langsam und die Feuerwehr kam zu schnell und nun ist das Haus zerstört und der Exmann tot und sie hier bis zu ihrer Verhandlung. Ich verstehe sie gut; ich würde mich am liebsten auf Zehenspitzen stellen, wenn sie vorbeigeht, und ihr den Arm um den Hals legen und zu ihr sagen: Ich kann das gut verstehen. Ich wäre mit dem Benzinkanister des Rasenmähers durch die Zimmer geschlichen, wenn alle schliefen, hätte alle Teppiche und Möbel mit der beißenden Flüssigkeit getränkt und mit dem Streichholz aufflammen lassen und mich dann auf meinen Schreibtischstuhl gesetzt und gewartet, bis die Flammen heraufkletterten, um der Geschichte für immer ein Ende zu setzen, Fortsetzung folgt nicht mehr. Mir haben nur die Katzen leidgetan, die verstört in den Wald geflohen wären und kein Zuhause mehr gehabt hätten; das Haus selbst hätte mir leidgetan. Es stand so ruhig auf seinem Platz zwischen Wald und Teich und konnte nichts dafür, dass seine Bewohner in einem ewigen Krieg gefangen waren.

Den Johannisbeerstrauch habe ich stehen lassen, aber ich hätte ihn ebenso gut ausreißen können. Der Anblick der leeren Stelle hätte meine Eltern nicht wütender machen können als der Anblick des Strauchs, der für immer verbunden war mit der Kränkung, dass ich das vierte Gebot nicht beachtet hatte: Du sollst deinen Vater und deine Mutter ehren, du sollst ihre Johannisbeersträucher ehren, du sollst ihre Stachelbeersträucher ehren, du sollst ihre Erdbeersträucher ehren, du sollst ihre Holundersträucher ehren, damit es dir wohl ergehe und du lange lebest auf Erden, und wenn nicht, wird es dir schlecht ergehen.

Diese Scheißangst, ich bin gespannt, wann sie aufhört und die Gesetze des Hauses ihre Gültigkeit verlieren. Sich ins Gras legen und die Fische schnappen hören, die Insekten summen und die Birke rauschen, bis die wütende Stimme der Mutter in meinem Kopf leiser wird und vielleicht irgendwann verebbt. Ein Satz aus der Kindheit, der immer wiederkehrt: *Du bist nur zum Ärger der Menschheit da*. Für die Mutter scherzhaft, natürlich nur scherzhaft gesagt, für das Kind schmerzhaft zu hören. Die Mutter ausgeweitet zur

Menschheit, der Lebenszweck des Kindes reduziert sich aufs Ärgern. Was sie an mir geärgert hat? Dass ich nicht war, wie sie wollte? Dass ich kein Teil von ihr war, ihr nicht gehorchte, ein Arm oder ein Fuß, sondern einen eigenen Willen hatte? Ich weiß nicht, wie lange ich am Teich sitzen werde müssen, bis ich diese Fragen vergesse.

Ich reiße mich ungern aus dem Bild mit dem Teich heraus, aber die runde Wanduhr hinter mir zeigt Viertel vor neun. In fünfzehn Minuten wird die Logopädin hinter mir stehen und sagen: Frau H.? Kommen Sie? Und ich werde meinen Schreibblock schon vorher weggeschlossen haben und mit leeren Händen aufstehen und neben ihr hergehen, gehorsam wie ein Kind. Ich wünschte, ich hätte den Mut, einfach sitzen zu bleiben, mit dem Kugelschreiber auf einen meiner roten Zettel mit Blockbuchstaben ein NEIN zu schreiben, ihn mit festem Blick vor mich hinzuhalten und gleichmütig zuzusehen, wie sich im Glaskasten die Logopädin und die Schwester über meine Mappe beugen und einen schmollenden Smilie hineinstempeln. Aber der Schmollsmilie würde die ganze Station verändern. Geraschel würde entstehen und das Trappeln von Gesundheitssandalen, wenn immer mehr Schwestern zum Glaskasten eilen, sich dort versammeln und gemeinsam mit betrübten Gesichtern auf meine Mappe hinuntersehen, weil ich eine Therapiestunde verweigert habe. Immer wieder würde das leise Gleitgeräusch zu hören sein, mit dem sich die Stationstür öffnet, um die Ärzte nacheinander hereinzulassen, die ebenfalls zum Glaskasten eilen und informiert werden, dass bei mir leider alles zwecklos ist. Und am Ende würde eine der Schwestern zum Telefon greifen und den Staatsanwalt anrufen und dieser würde sich an den Richter wenden, um ihm auszurichten, dass er meine Strafe höher ansetzen soll, weil ich mir leider nicht helfen lasse. Wenn ich dagegen aufstehe und brav wie ein Kind neben der Logopädin den Gang hinabgehe, was mir einen lächelnden Smilie in meiner Mappe einbringt, bleibt alles ruhig und ich kann mich bei meiner Rückkehr wieder auf meinen Stuhl setzen und weiterschreiben. Hier auf der Station ist es wie dort in dem Haus. Mit Jasagen erkaufe ich mir ein paar Stunden Seelenfrieden, mit Neinsagen bringe ich mich in höchste Gefahr.

Ich freue mich auf die Birke, die am Fenster des Therapiezimmers steht. Jeden Dienstag ist der grüne Schimmer um die Äste ein wenig deutlicher geworden, vielleicht ist heute der Tag, an dem man sagen kann, dass sie wirklich grün sind. Grün, das Wort, von dem ich am meisten bedauere, dass ich es nicht mehr aussprechen kann. Wattebäusche soll ich über den Tisch blasen: fffff, die Logopädin bläst sie lachend zu mir zurück und glaubt, wenn ich alle Konsonanten sprechen kann, werden bald die Vokale folgen und dann die Wörter, als könnte man eine Sprache nach dem Baukastensystem zusammenbauen. Eine blaue Holzeisenbahn soll ich über den Tisch schieben: sch-sch-sch, lachend hängt die Logopädin drei bunte Waggons an und wir schnaufen zusammen den hölzernen Berg hinauf. Ich glaube nicht, dass ich auf diese Weise meine Sprache wiedergewinne, aber ich bin es gewohnt, mit Erwachsenen Kinderspiele zu machen, und brauche mich nicht zu bemühen, um zu pusten und zu schnauben, während ich über ihren Kopf hinweg zu der Birke schaue, deren winzige Blättchen vor dem großen Himmel noch nicht zu sehen, aber zu ahnen sind.

An jenem Tag nach dem Sprachverlust habe ich es gewagt, mich wieder an meine Arbeit zu setzen. Seit ich die letzten Kommas eingefügt und die Korrekturblätter beiseitegelegt hatte, waren äußerlich nur zweiundzwanzig Stunden vergangen, innerlich Jahre. Jetzt breitete ich sie wieder vor mir auf dem Schreibtisch aus und nahm den dünnen roten Filzstift zur Hand. Nein, ich wollte erst auf einem leeren Blatt probieren, ob ich überhaupt noch schreiben konnte. *Wasser*, das erste Wort, das ich schrieb; meine Hand bewegte sich wie immer und das Wort entstand unter der Spitze des Filzstifts, rot, zittrig, lesbar stand es auf dem Papier. Ich war so erleichtert, dass ich am liebsten vom Schreibtischstuhl in die Höhe gesprungen wäre. Meine Arbeit war mir geblieben, mein Rettungsanker und mein Beruhigungsmittel, mein Notausgang aus dem Haus in eine andere Welt, wo mich niemand finden kann, weil sie nicht existiert.

Aber reden konnte ich nicht. Ich versuchte die Wörter laut zu lesen, die ich zwischen den Korrekturzeichen auf das Papier schrieb, es blieb beim Schnappen der Lippen. Ich spannte wütend den ganzen Körper an, von den Zehenspitzen bis zu den Augenbrauen, um Kraft zu sammeln und das eine kleine Wort *Wasser* im Mund zu formen und über meine Lippen zu bringen, aber es weigerte sich und blieb Schrift. Nach einer Weile gab ich es auf und versuchte weiterzulesen. Nur langsam kehrte ich in die Hütte der Heldin an den Wasserfällen zurück, während im Untergeschoss die Aufstehgeräusche meiner Eltern hörbar wurden und mich immer wieder zurückholten. Türenklappen und Umherlaufen, wenn sie die Sachen für den Frühstückstisch zusammentrugen. Murmeln und Lachen, unterbrochen von Geschirrklappern, während sie beim Essen den Tageslauf planten. Leiseres Murmeln ohne Klappern und Lachen: Jetzt stärkten sie sich mit einem Bibelvers und einem Gebet für den Tag. Mit gesenkten Köpfen und gefalteten Händen saßen sie auf ihren Stühlen und beteten, dass Gott mich endlich ändern und mir die Einsicht schenken möge, dass er und meine Eltern es gut mit mir meinten, und ich saß mit störrisch nach vorn gerecktem Kinn auf meinem Stuhl und hatte mich immer noch nicht geändert, sondern wäre am liebsten hinuntergelaufen und hätte ihnen die Bibel auf die Köpfe gehauen.

Vorne am Glaskasten wird das Stehpult herausgeschoben. Schwester Manuela kommt den Gang entlanggelaufen und versucht mich mit einem Händewedeln ins Zimmer zu scheuchen. Wenn dienstags der Chefarzt zur Visite kommt, darf kein Stäubchen, kein gebrauchtes Betttuch und kein Mensch auf dem Gang zu sehen sein. Ich werde meinen Schreibblock in sein dunkles Schrankfach sperren und mich unter meiner Bettdecke verkriechen. Der Chefarzt glaubt, dass die Wut heraus muss, und geht provozierend von Zimmer zu Zimmer. Ich nehme mir jedes Mal vor, nicht wütend zu werden, aber schon wenn er sich vor dem Trupp der anderen Weißkittel aufbaut und mit gelangweilter Stimme die Hauptdiagnose meines Schweigens herunterleiert: selektiver Mutismus, würde ich am liebsten aus dem Bett springen und auf dem Boden aufstampfen wie Rumpelstilzchen. Sie nennen es selektiv, als hätte ich eine Wahl gehabt, und sie nennen es -ismus, als wäre es meine dogmatisch vertretene Weltanschauung. Nach der Chefarztvisite bin ich in Mordlust, aber nicht nur ich, sondern jeder auf der Station. Schlägereien unter den Gefangenen oder Patienten gibt es nur dienstags. Ist ja gut, Schwester, bin schon weg. Ich freue mich auf die Mittagsruhe nach dem Essen, wenn der Trupp der Weißkittel zur Kantine verschwunden ist, die Schwestern im Glaskasten ihre Köpfe zur Übergabe zusammenstecken und die Gefangenen oder Patienten sich in ihre Betten haben fallen lassen. Dann sind wir allein auf dem Flur, Hanna-Nicole mit ihren beruhigend schlurfenden Schritten und ich mit meinem lautlos schabenden Kugelschreiber; dann werde ich weiterschreiben.

An jenem zweiten Tag bin ich nach eineinhalb Stunden Arbeit wieder in den Wald gegangen, immer noch mit etwas Hoffnung. Am Morgen des Vortags hatte mir nichts gefehlt, jetzt fehlten mir die Wörter. Vielleicht hatte meine Sprache sich vierundzwanzig Stunden unter einem Strauch versteckt und würde wieder in mich hineinschlüpfen, wenn ich vorbeikam. Ich habe versucht den gleichen Weg zu nehmen, aber ich konnte mich nicht genau erinnern, wo ich entlanggegangen war. Zwei, drei Siebensterne zwischen dem Buchenlaub waren aufgeblüht, kleine unschuldige weiße Blüten, die von nichts wussten, sie kamen mir so verloren und hilflos vor, dass ich mich am liebsten auf den Boden gesetzt und meine Hand den ganzen Tag über sie gehalten hätte, wenn schon Gott es nicht tat. *Siebensterne*, habe ich zu sagen versucht, aber heraus kam nur, kaum hörbar, das Zischen. Der Ton blieb in meiner Kehle verschlossen.

Auf der Waldwiese waren einige Rehe beim Grasen. Ich versuchte noch leiser zu gehen, aber sie hoben die Köpfe und stoben in großen Sprüngen davon. Halt!, hätte ich ihnen gern zugerufen, von mir braucht ihr nichts zu befürchten, ich würde eher mein eigenes Fleisch verzehren als eures, aber wenn ich hätte rufen können, wären sie erst recht nicht stehen geblieben. Sie haben gelernt, dass dem Menschen nicht zu trauen ist. Wenn der Fuchs am Waldrand entlangschlich, grasten sie weiter, aber vor mir liefen sie davon wie vor jedem meiner Artgenossen.

Auf dem Rückweg bin ich langsam gegangen, nicht nur an jenem Tag. Am liebsten wäre ich immer nur aufgebrochen und niemals zurückgekehrt. Aber wohin hätte ich gehen sollen? Selbst als ich meine Sprache noch hatte, war es mir schwergefallen Freunde zu finden. Wer wollte schon mit jemandem befreundet sein, mit dem etwas nicht stimmte? Nur mit Gundula war es leicht; sie war ohne Mutter aufgewachsen, mit einem Bruder, der sie missbrauchte, und einem

Vater, der zu ihr sagte: Das behauptest du nur, weil du Männer hasst. Wir verstanden uns fast ohne Worte. Ich hoffe, sie wird mich auch dieses Mal verstehen.

Auf dem Waldweg zu unserem Haus habe ich zwischen den Bäumen das Auto der Nachbarin kommen sehen, gleich würde es um die Ecke biegen und auf mich zufahren. Schnell kauerte ich mich hinter einer kleinen Fichte zusammen und duckte mich so tief wie möglich.

Sonst war ich immer auf den Weg hinausgetreten, die Nachbarin hatte neben mir angehalten und das Fenster heruntergelassen.

Na, gehst du ein bisschen spazieren?

Ja, und du, fährst ein bisschen einkaufen?

Ja, ich habe ein neues Rezept entdeckt, Nusskuchen mit Prosecco, und jetzt fahre ich Prosecco kaufen.

Dann hatten wir uns übers Kuchenbacken unterhalten oder über Ostergestecke mit Hühnerfedern oder Nudelauflauf mit Auberginen oder das Wetter, das bis Ostern schön bleiben sollte. Unsere Nachbarin war normal und für die kurze Zeit des Gesprächs fühlte auch ich mich normal. Sie schien nicht zu merken, dass etwas mit mir nicht stimmte, oder vielleicht stimmte alles mit mir, solange ich mit ihr sprach. Danach war ich immer für mindestens eine Stunde aufgeheitert in meiner Küche herumgegangen und hatte Nusskuchen ohne Prosecco gebacken oder Weidenkätzchen ohne Hühnerfedern in Blumentöpfe gesteckt oder Nudeln ohne Auberginen gekocht, mir den Rest dazu vorgestellt, mich normal gefühlt und die Stimme der Mutter nicht mehr gehört, die mir vorwarf: *Jedes Kind ist normal, nur du nicht.*

Doch damit war es vorbei, ohne Sprache konnte ich keine Normalität simulieren. Als das Auto vorbeigefahren war und auf die Straße zum Nachbarort einbog, richtete ich mich wieder auf und huschte durch den Wald zum Haus.

Trotzdem habe ich den Namen der Nachbarin auf das Blatt gekritzelt, in dem Aufnahmeraum, wo ich zwischen den beiden Polizisten auf den Stationsarzt wartete. Wer sind denn Ihre engsten Verwandten?, hat der eine von ihnen gefragt, der freundlichere mit der leisen Stimme und den dünnen Haaren, und ich habe nur den Kopf geschüttelt, dass der Zopf dem anderen Beamten neben mir ins Gesicht flog. Tante Hilde, Tante Elli und Tante Anita traue ich nicht mehr, sie haben sich von meiner Mutter über den Tisch ziehen lassen und sitzen nun auf der anderen Seite als Anklägerinnen. Wer könnte sich denn um Ihr Haus kümmern, solange Sie abwesend sind?, hat der Polizist ebenso leise weitergefragt und mir ein leeres Blatt und einen Kugelschreiber hingeschoben.

Nun hat die Nachbarin meinen Hausschlüssel ausgehändigt bekommen. Bei ihr bin ich sicher, dass sie nie den Wäschekorb mit meiner Unterwäsche leeren und nie die Fenster kippen wird; dass sie die Bibelverse im Papierkorb nicht findet und niemanden anruft, um zu erzählen, dass ich den Teufel in mir trage; dass sie meine Stofftiere vom Dachboden nicht an arme Kinder verschenkt, weil ich ohnehin zu viel habe. Sachlich wird sie die Haustür aufschließen und eine Dose Katzenfutter ins Schüsselchen leeren, sachlich wird sie den Briefkasten leeren und nachsehen, ob es nirgends hereingeregnet hat und ob die Heizung noch läuft. Jeden Samstag kommt sie hierher und legt mir die wenigen Briefe und Rechnungen hin und erzählt mir, dass die Müllabfuhr die Gebühren erhöhen will und dass sie ein neues Kuchenrezept entdeckt hat, mit Orangen und Mohn. Sie spricht immer noch mit mir wie mit einem normalen Menschen, nicht wie mit einer geisteskranken Verbrecherin, und nimmt meine Antworten auf den bunten Zetteln entgegen, als könnte es nicht anders sein. Bei ihr brauche ich nur die grünen Zettel. Sie versteht mich, vielleicht weil sie meine Eltern von der anderen Seite kennengelernt hat; nicht von der schönen Schauseite, sondern von der finsteren.

Mein Vater hatte die Birke vor dem linken Küchenfenster abgesägt, weil sie den Blick meiner Mutter über den Teich behinderte. Als ich nach Hause kam, lag der Stamm in gleichmäßige Stücke zerteilt auf dem Rasen und ich konnte nur über dem Stumpf ein paar Tränen vergießen oder ins Haus gehen und den Rollladen herunterlassen, um nicht die leere Stelle zu sehen und die verächtlichen Gesichter meiner Eltern. Jetzt mach doch keinen Zwergenaufstand wegen einer solchen Kleinigkeit, die Birke musste weg!

Etwas später ließ die Nachbarin die Birke auf ihrem Grundstück absägen, weil das Laub auf dem Rasen sie störte. Als der Stamm halb durchtrennt war, standen auf der Wiese die Gemeinderäte und die Vertreter des Naturschutzbundes, von meiner Mutter herbeigerufen, aber ein paar Minuten zu spät. Abends weinte meine Mutter über dem Stumpf und mein Vater stellte ein Holzkreuz daneben auf, um die Nachbarin jeden Tag daran zu erinnern, dass sie einen Mord begangen hatte.

Dort ein Mord, hier eine Kleinigkeit. Meine Eltern maßen mit zweierlei Maß, nein sie waren das Maß.

Die Tür öffnete ich wie immer beklommen und schnupperte erst im Haus und lauschte, um die anderen Bewohner zu orten. Im Obergeschoss knarzten die Bretterböden in jedem Zimmer anders, so konnte ich hören, ob meine Mutter gerade in meiner Küche mit einem Topf Suppe unterwegs war oder in meinem grünen Zimmer die Zeitung hinlegte oder in meinem Flur die Fenster kippte. Im Untergeschoss knackten die Plattenböden ebenfalls in jedem Zimmer anders. Ging meine Mutter in der Küche hin und her, war sie schon beim Schneiden von Speck und Zwiebeln fürs Mittagessen, in der nächsten halben Stunde würde niemand und nichts zu mir in die Wohnung hinaufsteigen außer dem Geruch einer ihrer Suppen. Bewegten sich die Schritte durchs Wohnzimmer Richtung Sofa, würden sich meine Eltern gleich zum Mittagsschlaf hinlegen und wären für eine Stunde aus der Welt und ich könnte so lange tun, was ich wollte, sogar auf dem Balkon sitzen und Zigaretten rauchen, sofern ich dabei nicht klapperte oder sang.

An diesem Tag knarzte der Boden in meinem Abstellraum, auf dem Flur roch es nach Feuchtigkeit und nach Waschmittel. Der Wäscheständer klapperte, meine Mutter war dabei, meine Unterwäsche über die Drähte zu hängen, meine formlosen, ausgefransten, nicht mehr ganz weißen Unterhemden und Unterhosen. Es fühlte sich an, wie wenn sie in meinen verborgensten Körperteilen herumfingerte, ich hätte am liebsten geschrien und sie ihr aus der Hand gerissen, aber wieder stand ich nur verängstigt da, noch verängstigter als an jedem anderen Tag, denn ich stand da ohne Worte. Was würde sie sagen und was könnte ich antworten, ohne dass sie etwas von meinem Verlust bemerkte? Notfalls würde ich weglaufen, wieder aus dem Haus hinaus in den Wald, und würde erst einmal unter Rehen und Füchsen leben, bis ich die Sprache wiederfand oder erfroren war.

Wieder die Dialoge aus all Jahren in meinem Kopf, die im Abstellraum vor dem Wäscheständer geführt worden waren.

Ich hänge dir nur ein bisschen die Wäsche auf, sagt sie freundlich-forschend.

Ich will aber nicht, dass du meine Wäsche aufhängst, sage ich mit zitternden Knien.

Da ist doch nichts dabei, wenn ich dir die Wäsche aufhänge, sie war noch in der Maschine!, sagt sie empört.

Ich will aber nicht, dass du ... Mir zittern die Beine bis in den Körper hinein.

Na gut, dann gehe ich eben!, sagt sie wütend, schleudert

das letzte Unterhemd auf den Boden, knallt die Tür zu und stapft in ihre Küche zurück, um sich bei meinem Vater zu beklagen, dass mir nie etwas recht ist, dass man gar nicht mehr weiß, was man machen soll, weil man eh alles falsch macht, und dass bei mir alles hoffnungslos ist. Aber ihre Sätze klingen nicht hoffnungslos, sondern wütend, wie wenn sie mich am liebsten erwürgen würde. Und mein Vater sitzt ihr gegenüber und nickt zu jedem der Sätze bestätigend, weil es das ist, was meine Mutter braucht; Bestätigung ist das Einzige, was ihre Wut für ein paar Momente abschwächen kann.

Die nächsten Tage läuft sie mit finsteren Augen, gramgebeugtem Rücken und zerknitterten Wangen über das Grundstück, und wenn ich sie anspreche und noch einmal bitte, meine Wäsche nicht aufzuhängen, sagt sie: Nun gut, ich sehe ja ein, dass es falsch war. Niemand ist ohne Fehler. Bekomm du nur einmal Kinder, dann werden sie dich die ganze Zeit anklagen! Auch mein Vater sieht zehn Jahre gealtert aus und zeigt mir, dass ich ihn demnächst ins Grab bringen werde, und wenn ich ihn anspreche und nach dem Grund frage, sagt er: Weil du aus jeder Kleinigkeit eine Riesenszene machst!

Und ich liege nachts kochend vor Wut im Bett und warte darauf, dass es hell wird, und wälze Sätze in meinem Kopf hin und her, die ich hätte sagen können, und gebe mir selber die Antworten meiner Mutter und versuche neue Sätze zu finden, aber nie geht der Dialog in meinem Kopf für mich so aus, dass meine Mutter ihre Finger aus meiner Unterwäsche nimmt, mit ruhigem Gesicht und normalen Schritten meine Wohnung verlässt und mir fortan nicht mehr an die Wäsche geht.

Auch damit war es einstweilen zu Ende, denn ich konnte keinen der Sätze mehr sagen, die eine Riesenszene nach sich gezogen hätten.

Meine Mutter hatte mich kommen hören und schaute forschend-freundlich aus dem Abstellraum heraus.

Ich hänge dir nur ein bisschen die Wäsche auf.

Ja. Danke.

Ich bückte mich, um eine Fussel vom Boden aufzulesen, damit sie die Angst, Wut und Lüge in meinem Gesicht nicht erkennen konnte.

Meine Mutter kam noch ein Stück aus dem Abstellraum heraus und versuchte in meinen Augen zu sehen, ob ich auch wirklich dankbar war.

Diese Unterhemden waren zerrissen, hat sie gesagt und auf ein Häufchen zerdrückten, nicht mehr ganz weißen Stoff auf dem Boden gezeigt.

Die habe ich gleich mal aussortiert. Ich nehme sie dann mit in die Mülltonne. Du musst dir unbedingt neue kaufen.

Ja. Gut. Danke.

Ich schaffte es, in die Richtung zu lächeln, ohne in ihr Gesicht zu sehen; mochte sie den verschwommenen Blick meinem ständigen Lesen oder meinem Unglauben zurechnen. Dann wandte ich mich ab und ging langsam den Flur entlang, ohne dem Sessel einen Fußtritt zu geben, schloss leise die Tür zu meinem Arbeitszimmer und setzte mich an den Schreibtisch.

Ich habe eine Weile Galgenmännchen auf leere Blätter gemalt, ungefähr zweihundert Stück. Wütend sein durfte ich immer nur im Verborgenen. Hätte ich mich vor jemanden hingestellt, etwa vor Tante Anita, und gesagt: Ich würde meine Mutter manchmal am liebsten erwürgen, wäre sie erstarrt und ich hätte vor ihr genau als das Monster gestanden, als das meine Mutter mich hingestellt hatte. Ich konnte nur still sein oder bestätigen, dass ich war, was meine Mutter sagte, also war ich still, aber die Wut kochte in meinem Körper und hörte nicht auf.

Ich bin gespannt, wie es sein wird ohne die Wut und die Angst. Einfach am Teich im Gras sitzen, nichts denken und nichts tun. Nein, ich werde nicht nichts tun, ich werde das alte Akkordeon meines Großvaters vom Dachboden holen. Ich habe den Klang des Akkordeons immer gemocht, weil es der Klang der Sehnsucht ist. Wenn die Seeleute auf dem Meer waren, hat er sie an zu Hause erinnert, wenn sie an Land waren, hat er sie an die Weite des Meeres erinnert. Mich erinnert er an keines von beidem oder an beides, jedenfalls an etwas, was mir fehlt, und er reißt diese Lücke gleichzeitig auf und füllt sie, was gleichzeitig schmerzt und guttut.

Akkordeonmusik hören konnte ich, leise, das Ohr nahe bei der Lautsprecherbox, während meine Mutter kochte, telefonierte oder auf ihrem Sofa beim Mittagsschlaf lag. Aber das Akkordeon selbst ließ sich nicht leiser stellen. Ob ich in meinem grünen Zimmer gespielt hätte oder an meinem Teich, im Keller oder im Wald, ob ich schwungvoll gespielt hätte oder langsam, sie hätte es überall gehört. Und nicht nur gehört, sondern an ihrem Maß gemessen und das Ergebnis verkündet. Hätte ich die gleichen Lieder gespielt wie der Großvater, den Schneewalzer oder Ännchen von Tharau, hätte sie freundlich gesagt: Oh, du ehrst das Andenken deines Großvaters, das ist schön. Hätte ich andere Lieder gespielt als er, *Deep Purple* in mein Zimmer geholt oder *Metallica* oder die euphorisch traurigen Juden vom Shtetl, hätte sie mit bedenklicher Miene gesagt: Oh, du hast das Akkordeon deines Großvaters wiedergefunden, das ist schön. Und später am Telefon den Tanten und den Bekannten zugeraunt: Maria klimpert neuerdings den ganzen Tag auf dem Akkordeon. Sie ist einfach eine Nervensäge.

Ich wollte jedoch nicht gemessen werden, also hätte ich unhörbar spielen müssen, also habe ich nur sehr selten gespielt. Etwa wenn meine Eltern zur Kirche aufgebrochen waren und sich wieder einmal die Geschichte vom verlorenen Sohn erzählen ließen; immer war in der Bibel der Sohn schuld und nie der Vater, deshalb hörten sie die Geschichte so gerne. Aber jetzt, jetzt werde ich das Akkordeon vom Dachboden holen und vorsichtig aus seinem Koffer nehmen, damit es mir nicht zwischen den Fingern zerfällt. Dann werde ich mich an den Teich unter die Äste der Freudenbirke setzen und spielen, *When Israel was in Egypt's Land*, mit der entschlossen fortschreitenden Melodie und den wahnwitzigen Variationen der *Kelly Family*, und werde auf keinen Moses mehr warten müssen, der mich herausholt.

Energische Schritte in Gesundheitssandalen, Pfleger Dieter kommt den Gang entlang und wedelt mit meiner Mappe. Schon gut, einen Absatz noch, dann komme ich. Die Kunsttherapie will ich nicht verweigern, es ist die einzige Stunde am Dienstag und Donnerstag, auf die ich mich mittlerweile freue.

Der Therapeut hat mich vom ersten Tag an malen lassen, was ich wollte; selbst wenn es stunden- und tagelang Galgenmännchen gewesen wären, hätte er nicht mit betrübter Miene neben meinem Blatt gestanden, sondern mir gleichgültig zugenickt. Er ist ein ausrangierter Kunstlehrer mit dünnem Zopf und grauem Gesicht, dem man die Wagenladungen Zigaretten ansieht, die er in den Jahrzehnten geraucht hat. Ein Lächeln erscheint nie auf seinem Gesicht, aber gerade das erleichtert mich. Gleichgültigkeit lässt einen so, wie man ist; hingegen das, was sie Liebe nennen, will dich nach ihrem Bild modellieren, und wenn du nicht fügsam bist, meißeln.

Galgenmännchen habe ich nicht mehr gemalt, seit ich hier bin. Die habe ich in meinem Zimmer zurückgelassen, den ganzen Papierkorb voll zerknüllter Blätter. Niemand kommt mehr, um ihn zu leeren, das Papier wird feucht und die Zeichen verblassen. Während der ersten Stunden habe ich

Schneckenhäuser gemalt, mit Bleistift, immer nur Schneckenhäuser, deren Bewohner nicht sichtbar wurden, dann allmählich Pflanzen dazwischen, mittlerweile sind die Pflanzen grün geworden und manchmal schimmert eine rote Blüte dazwischen hervor; ich bin gespannt, wann die Schnecken die Fühler aus ihren Häusern strecken. Menschen male ich nicht, auf meinen Bildern will ich keine Menschen sehen. Hitler soll an der Kunstakademie nicht genommen worden sein, weil er zu wenige Köpfe hatte. Ich verstehe ihn gut. Bitte verstehen Sie das nicht falsch, Herr Richter, falls Sie das lesen, ich werde deshalb nicht zum Massenmörder. Ich habe in meinem Leben noch nie eine Schnecke zertreten, ich hatte noch nie Hand an einen Menschen gelegt und spüre auch keine Neigung, es wieder zu tun. Ich will nur an meinem Teich sitzen und meine Ruhe haben und habe nie etwas anderes gewollt.

Irgendwann an jenem zweiten stummen Vormittag hat das Telefon in die Stille meines Zimmers hinein geklingelt. Auf dem Display war die Nummer meiner Freundin zu sehen. Meiner einzigen Freundin Gundula, die ebenso dick ist, wie ich dünn bin. Ich habe die Hand nach dem Hörer ausgestreckt, aber nicht danach gegriffen, sondern die Hand in der Luft schweben lassen, bis das Telefon wieder still war. Was hätte ich sagen können? Ich konnte zwar den Hörer abheben und mich mit *Ja* melden.

Wie geht es dir?, hätte meine Freundin gefragt.

Danke, hätte ich sagen können. Das wäre nicht schwer gewesen, auch wenn es nicht wahr war.

Geht es den beiden Katzen gut?

Ja. Auch das wäre leicht gewesen.

Was machst du denn diese Woche bei dem schönen Wetter?

Nun hätte ich mit dem Hörer in der Hand dagestanden und den Mund wie ein Fisch auf und zu geklappt, und meine Freundin hätte weitere Fragen gestellt und auf Antworten gewartet, bis ihr die Idee gekommen wäre, dass die Verbindung unterbrochen war, also hätte sie aufgelegt, wieder angerufen, das Besetztzeichen gehört und schließlich geglaubt, dass ich nicht mit ihr reden wollte.

Aus der Entfernung erklären konnte ich nichts. Wenn ich dagegen den Hörer nicht abhob, würde sie am nächsten Tag ahnen und am übernächsten Tag wissen, dass mir etwas fehlte. Dann würde sie sich in ihr kleines hellblaues Auto setzen und zu mir gefahren kommen. Sie wusste, dass meine Haustür nie abgesperrt war, weil es keinen Sinn hatte, abzuschließen; der Einbrecher kam von innen und nicht von außen. Sie hätte die Tür einfach aufgedrückt, wäre die Treppe heraufgestiegen und hätte vor mir gestanden, wie immer umweht von lavendelfarbenen Kleidern und dem Duft der südfranzösischen Felder. Sie hätte ihre Arme ausgebreitet und ich hätte nichts tun müssen außer mich hineinfallen lassen in das warme und weiche und duftende Lavendelfeld. Dann hätte sie mich von sich gehalten und angesehen und gemerkt, was mir abhandengekommen war, und wir hätten zusammen versucht herauszufinden, warum ich die Sprache verloren hatte und wie ich sie wiederfinden konnte.

Meine liebe dicke lavendelfarbene Gundula. Ich habe ihr einen Brief geschrieben, aber er liegt noch in meinem Nachtkästchen, falls ihn niemand aufgegessen hat. Ob ich ihn absenden soll, ob sie mir glauben wird? Ich will jetzt nicht daran denken.

Das Schrillen des Telefons hatte mich aus meiner Arbeit gerissen, ich konnte nicht mehr stillsitzen und bin ruhelos durch die Wohnung gelaufen. Von draußen drangen Motorgeräusche, mein Vater schob seinen Rasenmäher über meinen Rasen und ich konnte ihn nicht daran hindern. Im

Flur kam der Geruch von gekochtem Schweinefleisch durch die Ritzen, meine Mutter würde mir später einen Topf fettglänzender Rippchen bringen und ich konnte nicht mehr *Nein danke* sagen, nur noch *danke*. Der gelbe Kater lag noch immer zusammengerollt auf dem Sessel, der graue war seit dem Morgen weg und ich konnte ihn nicht mehr rufen. Ich habe den Gelben hochgenommen und mit in mein Zimmer getragen. Auf meinem Stuhl habe ich mich weit zurückgelehnt, er hat sich schnurrend auf mir zusammengekauert und seine feuchte Nase an meinen Hals gedrückt und ich habe versucht, mit ihm gemeinsam die Reise ins Buch und nach Afrika anzutreten, aber ich bin nicht richtig hineingekommen, nicht an jenem Tag, ein Teil von mir blieb in dem Haus zurück, in Alarmbereitschaft, Wächter und Bewachter zugleich, jederzeit konnte es zu Grenzüberschreitungen kommen und ich hatte meine Waffen verloren.

Der Geliebte der Frau an den rauschenden Wassern lag im Sterben, da erschreckte mich ein neues Geräusch. Drunten klappte die Haustür auf, Porzellan klapperte, Mi-iez Mi-iez!, rief meine Mutter mit zuckersüßer Stimme über das Grundstück. Der gelbe Kater hörte zu schnurren auf und sprang auf den Boden, aber nicht, um zur Tür zu gehen, sondern um sich unter dem Schreibtisch zu verstecken. Er war ebenso verängstigt wie ich, vielleicht hatte meine Angst sich auf ihn übertragen. Hoffentlich lässt die Nachbarin immer die Türen offen, damit er sich verkriechen kann, wo er will.

Ich bin aufgesprungen, habe lautlos das Fenster geöffnet und mich leise hinausgebeugt. Meine Mutter war schon ins Haus zurückgekehrt, aber vor ihrer Tür standen zwei weiße Schüsselchen, eins mit Sahne und eins mit Fleischresten, darüber gebeugt saß kauend der graue Kater. Mein grauer Kater mit seinem makellosen Tigerfell und seinen stolzen spitzen Ohren. Großer, wollte ich rufen, Liebster, aber kein Laut kam aus meinem Mund. Er musste mich am Fenster gehört haben, aber er schaute nicht auf, sondern beugte sich tiefer über sein Schüsselchen und schlang die Fleischbrocken in sich hinein, sicher hatte Judas beim letzten Abendmahl ebenso hastig gegessen.

In meinem Körper breitete sich Traurigkeit aus, trat an die Stelle der Angst, schob sich vor bis in meine Fingerspitzen und nahm mir die Kraft. Hätte ich den Kater rufen können, hätte er jetzt in meiner Küche gesessen und aus meinem Schüsselchen gefressen. Nun hatte er die Sirenengesänge meiner Mutter erhört und würde sie morgen wieder erhören oder wann immer sie über das Grundstück ertönten. Ohne Stimme hatte ich meiner Mutter nichts mehr entgegenzusetzen.

Hanna-Nicole ist von der Logopädie zurückgebracht worden und hat sich gleich wieder darangemacht, den Flur auf und ab zu schlurfen, die Mappe unter dem Arm. Heute stöhnt sie beim Gehen, ein verschrecktes kurzes Einatmen bei jedem vierten Schritt. Ulla behauptet, sie hätte ihre Kinder erstickt, bevor sie splitternackt mit dem Auto davongefahren ist, aber ich weiß nicht, ob es stimmt oder dem Drogenwahn in Ullas Gehirn entsprungen ist. Vielleicht bilde ich es mir auch ein und sie hat es gar nicht behauptet.

Ich weiß nicht, wie es ist, Kinder zu haben, aber ich stelle es mir schön vor. Ein kleines Wesen im Arm zu halten, vor dem man keine Angst hat. Einen kleinen Menschen in Kleid oder Latzhose auf sich zurennen sehen, die Arme öffnen, in zwei kleine strahlende Augen blicken. Mit einem kleinen Wesen am Tisch sitzen und zusammen essen und einander vertrauen, wie es das Abendmahl in der Bibel gemeint hat, ohne den Judas.

Essen kann ich nur mit jemandem, dem ich vertraue, also mit keinem, nicht einmal mit mir selbst. In dem Haus hatte ich immer ein Buch vor dem Teller liegen, bin mit meinen Gedanken in eine fremde Welt gegangen und habe meinen kauenden Körper allein am Tisch sitzen lassen. Hier zwingen sie mich, mit den anderen im Speisesaal zu essen. Das Tablett mit ins Zimmer nehmen und auf dem Bett essen darf man nicht, neben dem Teller ein Buch ausbreiten und beim Kauen hineinsehen darf man ebenso wenig. Den Mund zuklappen und das Essen verweigern darf ich aber auch nicht, denn wenn der Zeiger der Waage freitagmorgens wieder unter die 45 sinkt, werden sie mir meinen geliebten krokuslila Kugelschreiber wegnehmen, hat mir Schwester Manuela mit rotfleckigem Gesicht angedroht, auf dem sich der Wutanfall ankündigte. So sitze ich jeden Morgen, Mittag und Abend im Speisesaal eingeklemmt. Rechts von mir die düstere Silhouette von Bernadette, die rasch und mechanisch das Fleisch zersägt und die Sauce mit den Kartoffeln aufwischt, bis der Teller blank ist; Schlossermeisterin soll sie gewesen sein, hat Ulla behauptet und dieses Mal glaube ich ihr. Auf meiner linken Seite die bleichen, fetten Arme von Ilse, die zuerst alles kleinschneidet und dann mit dem Löffel in sich hineinschaufelt, halb über dem Teller liegend und schnaufend. Und ich sitze da und schneide und kaue und schlucke und fange wieder von vorne an, bis auf meinem Teller endlich nur noch Saucenreste und Fettränder bleiben und ich den Speisesaal verlassen kann, ohne dass mich die Schwester betrübt-tadelnd-böse ansieht, wenn sie den Plastikdeckel anhebt.

In dem Haus wäre das Kind nicht mein Kind gewesen. Meine Mutter hätte alles getan, damit es ihr Kind würde. Sie hätte mit Bonbons und Schokolade vor der Tür gestanden wie die Hexe bei Hänsel und Gretel und das Kind wäre von mir weg zu ihr hin gelaufen. Sie hätte gestrahlt, wenn es von mir weg zu ihr hin lief, weil es ihr bewiesen hätte, dass sie der bessere Mensch ist, und hätte ihm glaubhaft gemacht, dass ich eine Rabenmutter sei, und es mit Bonbons und

Schokolade gefüttert, damit es mir am nächsten Tag wieder weglief, und abends hätte es keinen Hunger gehabt und nicht mit mir essen wollen, sondern am Tisch herumgequengelt und zur Oma gewollt und ich hätte mir bei dem Wort *Oma* die Ohren zuhalten wollen.

Wir hätten beide das Kind gebraucht, meine Mutter und ich. Wir hätten beide an einem Arm gezogen wie die Mütter vor König Salomo und es entweder auseinandergerissen oder ich hätte es losgelassen und verloren gegeben. Ich bin froh, dass ich keine Kinder habe.

Innerhalb von Sekunden ist auf der Station Chaos entstanden. Hanna-Nicole ist stöhnend mitten im Flur auf die Knie gesunken. Schwester Manuela ist herbeigeeilt und hat ihr die Hand auf die Schulter gelegt, aber die Kniende hat den Arm ausgefahren wie den Ausleger eines Krans und die Schwester nach hinten zu Boden geschleudert. Sofort sind vom Glaskasten die anderen Schwestern herbeigeeilt, Telefone klingelten, Türen öffneten sich, von der Nachbarstation kamen die Pfleger und innerhalb von Sekunden wurde Hanna-Nicole von vier Leuten an beiden Armen gehalten und in ihr Zimmer geschleppt, ihr Stöhnen war zu einem durchdringenden Kreischen geworden. Hofgang fällt heute aus!, hat Schwester Christine den Flur entlanggerufen und im Vorbeieilen eine Tür aufgeschlossen, ihr könnt aber auf den Balkon. Ich habe nur die Nase über das Geländer gestreckt und bin wieder hereingegangen. Draußen regnet es, kein warmer Frühlingsregen, sondern ein peitschender Spätwinterregen, mit Hagelkörnern vermischt. Zigarette gibt es heute keine, damit wir mit unserem Rauch nicht die Gesundheit der Nichtraucher schädigen, wenn wir schon unsere eigene schädigen wollen. Ich vermisse Schwester Kerstin und hoffe, dass sie nicht Urlaub hat.

Nun ist es wieder ein wenig ruhiger, die anderen drängen sich am Balkongeländer zusammen oder haben sich auf den Betten ausgestreckt, aus dem Fitnessraum dringt das Schnurren der beiden Fahrräder, auf denen die Russinnen ihr Tagespensum ableisten, im Zimmer von Hanna-Nicole ist das Kreischen verstummt und nur noch die halblaute Diskussion der Schwestern mit dem Stationsarzt hörbar. Hier fühle ich mich wohl, fast geborgen, kein Chaos kann mich so verängstigen wie die Stille in jenem Haus, unterbrochen vom gelegentlichen Knacken der Böden. Ich habe meinen Block wieder aufgeklappt und schreibe mich zurück, hinein in Tag zwei des Sprachverlusts.

Es war ein sonniger Vorfrühlingsnachmittag. Wäre alles normal gewesen, so normal, wie es in dem Haus eben sein konnte, hätte ich eine Tasche vom Haken genommen und mich zu Fuß auf den Weg ins Dorf gemacht, um einzukaufen. Erst die lange Straße zwischen den Pappeln entlang, auf der sich meine Gedanken miteinander unterhalten konnten, dann die Straße zwischen den schmalen Gärten hindurch. Hier und da hätten hinter den Sträuchern alte Frauen gekauert und erstes Unkraut gezupft und aufgeblickt, wenn ich vorbeigekommen wäre, und ich hätte freundlich gegrüßt und sie hätten freundlich zurückgegrüßt. Hier und da hätte sich vielleicht eine aufgerichtet zwischen ihren Sträuchern und zu mir gesagt: Na, schönes Wetter heute, und ich wäre am Zaun stehen geblieben und wir hätten einige freundliche Sätze über das Wetter gewechselt und das Unkraut, das schon vor dem Gras aus dem Boden kam. Ich mag die alten Frauen in meiner Straße, ich mag sie alle, die dicke, gebeugte, die immer über ihre Rückenschmerzen klagt und aus dem Unkraut eine Suppe kocht, ebenso wie die kleine, flinke, die ihren Garten jedes Jahr zu einer anderen Landschaft mit

Bächen und Teichen und Inseln umgestaltet. Vor keiner von ihnen wollte ich weglaufen oder mich verkriechen, wahrscheinlich weil der Zaun zwischen uns war und bleiben würde. Ich hätte gern jede von ihnen als Mutter gehabt.

Am Zaun stehen bleiben und einige freundliche Sätze wechseln ist mir leichtgefallen, aber an einer Haustür stehen und klingeln, um etwas zu fragen, hat mich drei Zigaretten vorher gekostet; und an einer Haustür stehen und klingeln, um jemanden zu mir einzuladen, hat mich in die Flucht geschlagen, bevor mein Finger den Klingelknopf berührte. Wer will schon die Tür öffnen und jemanden davor stehen sehen, der nur zum Ärger der Menschheit da ist? Lieber bin ich am Zaun geblieben und habe nach zwei, drei Sätzen mit der Tasche gewedelt zum Zeichen, dass ich es eilig hatte.

Nun waren mir die freundlichen Sätze zusammen mit den bedrohlichen weggeschwommen. Am Zaun stehen bleiben konnte ich nicht mehr, ich musste mit der Tasche wedelnd die Straße entlanggehen und so eilig aussehen, als hätte ich für keinen einzigen Satz Zeit. Guten Tag sagen konnte ich auch nicht, nur den Gruß der alten Frauen mit einem Nicken und Lächeln erwidern. Sie würden mir übelnehmen, dass mein Gruß nicht zu hören war, würden das Lächeln und Nicken nicht sehen und in meinem lautlosen Vorüberhasten bestätigt finden, was meine Mutter an jeder Straßenecke über mich sagte: dass ich nicht einmal den Mund zum Grüßen aufbrächte, dass ich ohne ein Wort an einer Mutter vorbeiginge und dass ich hoffnungslos schwierig sei.

Beim Bäcker konnte ich auf die Brötchen zeigen, und wenn die Verkäuferin das Richtige erriet, würde ein *Ja, danke* genügen. Aber durch den Lebensmittelladen, da würde ich mit meinen drei Restwörtern nicht durchkommen, da nicht.

Ich konnte zwar einen der klapprigen blauen Einkaufswägen aus der Reihe ziehen, ihn durch die Regalreihen schieben, Katzenfutterdosen und Milch und Äpfel einladen. Aber hinten an der Käsetheke, da würde ich auffallen, da würde mein Sprachverlust auffliegen. Hinter der Käsetheke stand Chiara. Chiara, die Klare, mit den schwarzen Haaren und der braunen Haut und den flinken Händen, die gerade Zwiebeln oder Käse oder Oliven schnitten.

Maria!!!, hätte sie gerufen, mit drei Ausrufezeichen dahinter. Ich erschrecke immer, wenn jemand meinen Namen sagt. Maria, die Demütige, die zu allem Ja sagt, was der Engel von ihr verlangt, und für alles Gott lobt, diese Maria hätte ich sein sollen, doch das gelang mir nicht. Aber von Chiara gerufen, mit ihrem fremden Akzent, hörte ich den Namen fast gerne.

Maria!!!, hätte sie gerufen, sobald ich um das Getränkeregal gebogen wäre. Schön, dass du da bist!!! Und, wie geht es dir???, hätte sie gefragt und mir tief in die Augen gesehen.

Chiara wollte von jedem wissen, wie es ihm ging, aber sie wollte es wirklich wissen, nicht nur das übliche gelogene oder halbwahre *Danke, gut* hören. Auf ihre Frage hätte ich nicht antworten können, sondern nur verlegen grinsen und hoffen, dass jemand anderes um das Getränkeregal biegen und sie ablenken würde. Aber Chiara ließ sich nicht ablenken. Wenn es draußen ist, wird es leichter, war ihr Lieblingssatz. Wenn man dabei zu weinen anfing, wurde es noch leichter, und so standen meistens weinende Frauen neben der weinenden Chiara an der Käsetheke oder es kamen Frauen mit Tüten voller Oliven und mit verschmierter Schminke, aber erleichterter Miene aus dem Laden heraus.

Geht es dir schlecht???, hätte Chiara mich ohne Zweifel gefragt.

Ja.

Und sie hätte weitergefragt und es hätte nicht lange gedauert, bis sie die Wahrheit gewusst und mich zu einem Arzt gebracht hätte, und alles wäre aufgeflogen wie eine Schar

Krähen, wenn man auf der Straße an der Müllhalde vorbeifährt.

Ich wollte aber nicht auffliegen, noch nicht, nicht jetzt. Vielleicht würde meine Sprache wiederkommen, wenn ich ihr etwas Zeit ließ. So habe ich mein Fahrrad aus dem Schuppen geholt und bin über den Hügel in die Nachbarstadt hinübergekeucht, um im Supermarkt einzukaufen. Die Sonne wärmte mir den Rücken. Kein Auto war unterwegs und es wäre ganz still gewesen, wenn nicht mein Herz in meiner Kehle gehämmert hätte.

Der Supermarkt war eine andere Welt, wo man keine Wörter braucht, um sich zu verständigen. Ich habe einen Einkaufswagen aus der Reihe gezogen, ihn zwischen den Regalen hin und her geschoben und Milchtüten, Katzenfutterdosen, Käse, Äpfel und Brot hineingelegt. Zwischen den Regalen waren ebenso schweigsame Leute wie ich unterwegs, die auf ihre Einkaufszettel schauten, Waren aus den Regalen nahmen und sich schnell abwandten, wenn sich unsere Blicke trafen. Aus den Lautsprechern plapperte laut die Werbung, damit man sich nicht wie auf einem Friedhof fühlte. Vielleicht war ich nicht allein mit meiner Stummheit; vielleicht hatten alle anderen, die hier zwischen den Regalen herumhuschten, auch die Sprache verloren bis auf zwei, drei Zufallswörter, vielleicht war es ein Virus, der unter der ganzen Bevölkerung wütete, und keiner wusste vom andern.

Das Lächeln der Kassiererin sah aus wie meines, ein Lächeln, das man im Kopf erzeugt und auf die Lippen befiehlt; ihr Gruß hörte sich routiniert an, meiner blieb lautlos. Sonst hatte ich manchmal einen freundlichen Satz gesagt, hatte sie für ihre Schnelligkeit bewundert, wenn sie von jemandem vor mir für ihre Langsamkeit beschimpft worden war, aber heute würde sie ohne solch einen Satz auskommen müssen. Ich war mir auch nicht mehr sicher, ob ich ihn wirklich gesagt oder nur im Kopf gehabt hatte. Die eingekauften Dinge eilig vom

Band nehmen und in den Korb stapeln, den Geldschein hinhalten, das Wechselgeld und den Kassenzettel bekommen, *ja, danke*, Platz machen für den Nächsten. Ich stellte fest, dass ich Übung bekam in Schweigen und Lächeln, in Japan würde ich sehr gut leben können, auch ohne richtig Japanisch zu können. Nach wenigen Minuten war ich wieder draußen auf dem Parkplatz, ohne aufgeflogen und aufgefallen zu sein, hinter mir plapperte weiter die Werbung.

Ich wollte nicht nach Hause, sondern weit weg, trotzdem trat ich auf dem Rückweg schneller in die Pedale als auf dem Hinweg. In dem Haus war ich immer unruhig, aber sobald ich es verließ, steigerte sich meine Unruhe bis zur Panik und ich wollte so schnell wie möglich zurück. Ich wusste nie, was meine Eltern morgens zwischen Kaffeetasse und Bibel ausgeheckt hatten und untertags mit Gottes Hilfe anrichten würden; ob mein Vater auch noch die andere Birke am Teichufer absägen würde, weil sie den Blick meiner Mutter behinderte, ob meine Mutter die Katzen verprügeln würde, weil die Federn einer Amsel im Blumenbeet gelegen hatten, oder ob sie aus ihrem eigenen Sonntagsvogel ein Frikassee kochen und den Katzen die Reste hinstellen würde und sich mein kleiner Liebster einen Röhrenknochen in den Hals bohrte und daran erstickte.

Auf halbem Weg habe ich mich zur Ruhe gezwungen und an dem verfallenen Bauerngehöft angehalten, auf dem nur noch die Katze lebte. Sobald ich mein Fahrrad abgestellt hatte, kam sie mit einem quietschenden Miauen zwischen den Sträuchern hervorgerannt und warf sich vor mir auf den Boden, um am Bauch gekrault zu werden. Es war eine schäbige Katze mit schwarzem Fell, durch das hier und da rötliche Flecken schimmerten, als hätte sie ein rotes Kleid an und darüber einen sehr verschlissenen schwarzen Mantel. Aber ihre Augen waren hell und sie sah vollkommen glücklich aus. Ich habe festgestellt, dass ich der Katze lieber begegnete als meiner Mutter; sie erwartete nichts und grollte mir nicht, weil ich zwei Wochen nicht gekommen war. Gleichzeitig tauchten die entsetzten Gesichter von Tante Anita, Tante Hilde, aller anderen Verwandten, Bekannten und Nachbarn vor mir auf: Aber das darfst du doch nicht denken! Es ist doch deine Mutter! Niemals hätten sie zu meiner Mutter gesagt: Aber das kannst du doch nicht machen! Es ist doch deine Tochter!

Ich habe den Gedanken verjagt, die gekaufte Katzenfutterpackung aufgerissen, die Fleischbrocken auf einen Stein geleert und die Katze glücklich kauend zurückgelassen. Die nächsten Meter fuhr es sich leichter, dann war die Kuppe des Hügels erreicht und ich konnte durch die Bäume das Haus erkennen, in dem ich wohnte und doch nicht zu Hause war.

Sehr langsam bin ich in den holprigen Waldweg eingebogen. Ein kurzes Aufatmen, als die Garage leer war. Meine Eltern waren zur Abendandacht gefahren. Zur Kirche ging ich schon lange nicht mehr, des Pfarrers wegen. Selbst wenn ich mich hinter einer Säule verkroch, entdeckte er mich, der Pfarrer mit seinen stechend blauen Augen, die einen bis aufs Hemd auszogen und sich in die Seele bohrten. Dann beugte er sich von der Kanzel herab und donnerte, dass Gott dir nicht vergeben wird, wenn du deinem Nächsten nicht vergibst, und in der ersten Reihe nickten die Dauerwelle meiner Mutter und die Glatze meines Vaters dazu, und ich kam noch mühseliger und beladener aus der Kirche heraus, als ich hineingegangen war.

Selbst das Wort *Vergebung* war bei uns in sein Gegenteil pervertiert: bekennen, dass der andere nie etwas falsch gemacht hat; sich in den Staub werfen und bereuen, dass man ihm einen Vorwurf gemacht hat; dies hinfort unterlassen. Ich hätte meiner Mutter sofort und gern jede Tat vergeben, von der sie fähig gewesen wäre zu sagen: Ja, ich habe sie getan. Aber sie hätte ein Handbuch verfassen können: Tausend Arten, sich herauszureden.

Trotzdem hatte ich nichts gegen die Kirche, ich mochte sie, ja ich liebte sie; ich verdankte ihr die einzigen guten Stunden der letzten zehneinhalb Jahre. Eilig trug ich den Korb mit den eingekauften Dingen ins Haus und stellte ihn im Flur ab. Die Katzen kamen rasch auf mich zu, der Gelbe maunzend und der Graue fiepend, und schnupperten an dem Korb. Im Supermarkt hatte ich dieses Mal nicht an der Wursttheke stehen bleiben können, um wie immer fünfzig Gramm Gehacktes zu verlangen, so habe ich ihnen nur das Dosenfutter in die Schüsseln gefüllt und wortlos mit den Händen über ihre gestreiften Rücken gestrichen, den kleinen und den großen. Der Gelbe beugte seinen Kopf über die Schüssel und fraß, der Graue schnupperte nur und wandte sich ab. Ich habe den Korb stehen lassen, ohne die Sachen in die Regale zu räumen, und mich auf meinem Schreibtischstuhl zusammengekauert, erschöpft vom Einkauf im Supermarkt, obwohl er weniger lang gedauert hatte und ohne Worte abgelaufen war, vielleicht gerade deshalb.

Vielleicht hätte ich Chiara an jenem Tag einen Zettel zustecken sollen, einen geschriebenen Hilferuf, und sie hätte mich in ihrem Hinterzimmer versteckt und bei Käse und Oliven ausruhen lassen. Aber irgendwann wären meine Eltern dahintergekommen, wo ich mich aufhielt, hätten alles darangesetzt, mich zurückzuholen, und wenn ich nicht kam und nicht einmal mit ihnen sprach, zur Strafe meine Bücher und meine Katzen verschenkt.

Chiara hat es mir nicht übelgenommen, dass ich an jenem Tag im Supermarkt war. Jeden Mittwoch geht sie zur Post und jeden Donnerstag bekomme ich ein Paket, mit ihrer energischen Schrift darauf, das ich nur in Anwesenheit einer Schwester aufpacken darf. Aber es sind keine Messer oder Rasierklingen darin, sondern Käse und Oliven, Rosinenbrot und Orangen. Donnerstags beim Abendessen klappe ich guten Gewissens den Plastikdeckel meines Tabletts wieder über die beiden Scheiben Graubrot, die Scheibe Wurst und die Essiggurke und mache mich auf dem Bett kauernd mit nackten Händen über Chiaras Geschenke her.

Jetzt brauche ich Abendessen, auch wenn es aus Mischbrot und Essiggurke besteht. Ich werde den Stift und die Zettel mitnehmen und Ulla fragen, wohin sie Hanna-Nicole gebracht haben; die Tür ihres Zimmers steht offen und das Bett fehlt. Ulla weiß alles, nur nicht, weswegen sie selbst hierhergebracht wurde. Dieses Stück fehlt in ihrem Gedächtnis. Meine Mutter hätte hier gut hereingepasst.

Nach dem Abendessen erreicht die Unruhe auf der Station tagtäglich ihren zweiten Höhepunkt. Körperpflege und Schrankkontrolle, Frauen werden in die Dusche gescheucht und wieder ins Zimmer. Birgit, die sich für den Abend im Aufenthaltsraum zurechtmacht wie für eine Party, findet ihr Haarshampoo nicht und bekommt einen Weinkrampf. Martha möchte nicht ohne den Rosenkranz unters Wasser und die Schwester muss ihr die Finger gewaltsam aufbiegen. Dafür werden Sie in der Hölle schmoren!, kreischt Martha und lässt sich in die Kabine schieben. Ich sitze inmitten der Unruhe wie auf einer Insel im Ozean, ebenso wie in meinem Haus und doch anders, ganz anders. Ich habe alles getan, was sie von mir verlangen: geduscht, meine Haare gewaschen und durchgekämmt, meinen Schlafanzug angezogen, die Kleidung sauber gefaltet und in den Schrank gelegt. Mein Gewissen ist rein wie mein Körper. Niemand wird etwas anderes von mir fordern, etwa Freundlichkeit oder Dankbarkeit oder gar Liebe, unter Strafandrohung, wenn ich diese nicht liefere. Ich kann in aller Ruhe mitten in der Unruhe sitzen.

Aber ich muss noch einmal zurück in das Haus, in den Tag nach dem Sprachverlust. Wenn sie erst die Nachtmedikamente ausgegeben haben und sich das Brom in meinem Körper verteilt, werde ich so schwer, dass ich allenfalls noch den Weg in den Aufenthaltsraum gehen will und später von dort bis zum Bett.

Der zweite sprachlose Tag in dem Haus, das mir auf dem Papier gehörte. Später am Abend wieder die schweren Schritte auf meiner Treppe und kein Mauseloch, um mich darin zu verkriechen. Meine Mutter kam in mein Zimmer, einen Stapel gebügelter und gefalteter Unterwäsche auf beiden Händen vor sich hertragend wie auf einem Silbertablett. Ich weiß nicht, welche Chemikalien sie in ihr Bügeleisen goss, die von ihr gebügelte Wäsche roch immer fremd und ein wenig streng wie frisch bedrucktes Papier; ich konnte sie entweder noch einmal waschen und den Zyklus von vorn beginnen lassen oder ich konnte sie anziehen und mich den ganzen Tag fühlen, wie wenn ich mir nicht gehörte.

Ich habe dir nur ein bisschen die Wäsche gebügelt.

Ja, danke, habe ich gesagt und Wörter auf mein Blatt gekritzelt, das mit den Strichmännchen, das ich hastig umgedreht hatte. *Haus. Baum. Kind. Auto. Hund.* Harmlose Wörter, an denen sich meine Mutter nicht aufhängen konnte.

Ich habe mit Tante Anita telefoniert, hat sie angefangen, die Wäsche auf meine Korrekturen gelegt und sich mangels Sitzgelegenheit auf mein Schränkchen niedersinken lassen.

Ja.

Sie hat wieder einen Rheumaschub.

Ja. Gut.

Aber sie will ja nicht hören. Ich sage ihr schon seit Jahren, sie soll in die Kirche gehen! Sie gehört unters Wort.

Wenn meine Mutter das Wort *Wort* aussprach, klang es

dunkel und drohend, ein Hammer, der in der Luft geschwungen wird und dir gleich auf den Kopf fällt. Vielleicht haben sich deshalb meine Wörter zurückgezogen, weil ich mein Leben lang Angst gehabt habe vor diesem großen Donnerwort.

Über das Rheuma jammern sie, aber in die Kirche setzen sie keinen Fuß! Kein Wunder. Selbst schuld. Geschieht ihnen recht.

Wenn meine Mutter über andere klagte, verfiel sie in die Mehrzahl, als hätte sich die ganze Welt in ihrer Dummheit gegen sie Prediger in der Wüste verschworen.

Ich mag aber Tante Anita, hätte ich gern gesagt, und ich will nicht, dass sie krank ist. Nein, ich hätte es nicht gesagt, weil meine Mutter dann zu einer Rückblende bis zu Adam und Eva ausgeholt hätte, um zu beweisen, dass Leiden Strafe für Sünde ist. Ich hätte mir eine Mutter vorgestellt, die nicht auf der Seite des Richtergotts stünde und ihm helfen würde, das Schwert zu führen, sondern auf die andere Seite hinüberspränge und den geplagten Menschen in den Arm nähme und mit ihm weinen würde, weinen über die Welt und ihre Unverständlichkeit und Ungerechtigkeit, einfach weinen, bis alle Tränen draußen sind und man wieder froh werden kann.

An jenem Abend habe ich gar nicht versucht, mich zum Einschlafen in einen Gedankendschungel hineinzuversetzen. Sobald ich ruhig im Dunkeln lag, stand meine Mutter übergroß vor mir und hielt mir einen Stapel gebügelter Wäsche hin und ich bekam den Satz nicht heraus, den ich sagen wollte. *Ich will nicht, dass du.* Ich hatte ihn all die Jahre mit zitternden Knien und verstopfter Kehle gesagt, aber dennoch gesagt. Meine Mutter war all die Jahre wutentbrannt davongelaufen, aber sie hatte für ein paar Tage meine Wäsche in der Waschmaschine gelassen oder ihre Suppe selber gegessen oder nur ihre eigenen Fenster gekippt. Dann aber begann sie wieder die Grenzen zu überschreiten. Zuerst nur mit einem Fuß: Ein gebügeltes Taschentuch lag auf der Treppe, eine kleine Schüssel Kompott stand auf der untersten Stufe, das Flurfenster stand einen Spaltbreit offen. Und schließlich waren ihre Schritte überall zu hören und das ganze Karussell begann sich wieder zu drehen.

Du hättest energischer sein sollen!, begann ich in der Dunkelheit meines Schlafzimmers lautlos mit mir zu streiten. Du hättest andere Sätze sagen sollen! Verschwinde aus meiner Wohnung und lass dich hier nie wieder blicken. Zieh Leine! Verpiss dich! FUCK OFF!

Aber sie wäre trotzdem wiedergekommen, widersprach ich mir selbst, und hätte bei jeder Treppenstufe trotzig vor sich hingemurmelt: Das wird doch wohl möglich sein in einem Haus!

Du hättest die Maurer holen und die Tür zum Treppenhaus zumauern lassen sollen!

Aber sie wäre durch den Keller gekommen, wandte ich ein, mit schweren Schritten und mit einem verbohrten Gesicht wie Luther, als er die Thesen an die Schlosskirche nagelte.

Du hättest wegziehen und keine Adresse hinterlassen sollen!

Aber ich konnte den Katzen kein Leben in einer winzigen Stadtwohnung antun.

Du hättest dir keine Katzen anschaffen sollen!!

Aber ich habe jemanden gebraucht, in den ich mich verkriechen konnte.

Du hättest nicht hierher zurückkommen sollen, dann hättest du dich nicht verkriechen müssen!!!

Ich bin aber hierher zurückgekommen.

Ich sah mich wieder im Hörsaal sitzen und japanische Zeichen malen, während die Stimmen in meinem Kopf lauter wurden. Freunde hätte ich gebraucht, früh schon. Freunde, die nicht mit meiner Mutter zusammenhingen, an denen sie nicht ziehen konnte wie an ihren Marionetten. Maria, hätten die Freunde zu mir gesagt, das kannst du doch nicht machen, es ist doch dein Leben, gib dich doch nicht einfach auf. Aber wer wollte schon Freund sein mit einer jungen Frau, die ihr Leben auf Socken lebte, noch nie etwas anderes gelesen hatte als ein Vokabelheft und ein gutes Buch, die sich nicht einmal traute, *Lady in Black* auf Zimmerlautstärke zu hören, und Bachs Kantaten auswendig kannte? Meine Mutter hatte ihre Netze um mich früh und gründlich gestrickt.

Nein, Schwester Ilka, ich will nicht zur Entspannungsübung. Ich habe keine Lust, mit den paar anderen, denen ihr das als letzte Tagespflicht aufgebrummt habt, im Speisesaal um die Kerze zu sitzen. Ich glaube nicht, dass ich meine Eltern aus meinem Kopf vertreiben kann, indem ich beim Einatmen zähle und mir farbige Flächen vorstelle. Eine Methode, meine Eltern zu vertreiben, habe ich bisher nicht gefunden. Ich glaube, ich muss mich ihnen entgegenstellen.

Nun gut, Schwester Ilka, jetzt ziehen Sie doch nicht gleich die Mundwinkel nach unten wie der Schmollsmilie, den Sie mir in die Mappe stempeln werden. Ich komme ja schon.

Schwester Ilka ist heute unaufmerksam gewesen. Sie hat mir zwar den Schierlingsbecher mit der Schlaftablette gereicht, aber dann hat sie weggesehen, weg von meinen Händen und meinem Mund, den Flur entlang, wo Martha den Rosenkranz mit dem Gürtel ihres Morgenmantels verknotet hatte und immer hektischer murmelte. Bitte, bitte, Herr Bittof. Ich habe die Tablette in meiner Faust verschwinden lassen, den Becher gehoben und nur die Luft in meinen Mund gleiten lassen. Nun sitze ich wacher hier als gestern, aber ich bin nur halb zufrieden. Ich fühle mich wie bei einer Eins in einer

Mathematikschulaufgabe, die ich nicht durch Wissen, sondern durch Abschreiben erzielt habe.

Ich bin gespannt, wer oder was mir heute Nacht begegnen wird. Seit sie mir die Tabletten geben, habe ich meine Eltern nicht mehr getroffen, aber auch keine fremden Länder bereist. Morgens wache ich auf, als hätte man mich für einige Stunden abgeschaltet. Ich will aber keine Maschine sein, ich will die Angst wiederhaben und den Schrecken und die Erleichterung und die Freude. Ich bin für alles bereit.

3. Tag

Von meinen Eltern habe ich nicht geträumt, aber von meinem Teich. Ich bin von einem Spaziergang zurückgekehrt und hatte noch einen kleinen Bach zu überspringen, um ans Ufer des Teichs zu gelangen, doch die andere Seite des Bachs wuchs höher und höher, es wurde die Wand eines Gletschers aus blauem Eis, von der die Finger abrutschten, ich konnte sie nicht erklimmen und habe verzweifelt die Hände sinken lassen. Der Traum ist so eindeutig, dass ich ihn dem Psychologen nicht zu erzählen brauche. Ich komme noch immer nicht dahin, wo ich hinwill.

Gut, dass ich heute besonders früh aufgewacht bin und deutlicher sehe als an den letzten Tagen. In den Zimmern ist es noch still, nur die Schwestern murmeln im Glaskasten und stecken die Köpfe über unseren Mappen zusammen; die Nachtschicht erzählt der Tagschicht, wer in der Nacht herumgeschrien oder mit Pantoffeln geworfen oder eine Tablette bekommen hat. Ich muss etwas vorarbeiten, weil ich heute weniger Zeit habe als an den anderen Tagen. Eine Stunde vor der Therapie brauche ich, um dazusitzen und mich zu freuen, und eine Stunde danach brauche ich, um dazusitzen und alles noch einmal durchzudenken und mich wieder zu freuen.

Der Psychologe und ich. Liebe auf den ersten Blick war es nicht, aber irgendetwas auf den ersten Blick war es. Ich erinnere mich genau, wie ich zum ersten Mal in sein rundes, glattes, ein wenig bleiches Gesicht geblickt habe. Ich hatte mir einen Psychologen kompliziert vorgestellt, vergrübelt und düster wie die Männer in meinen Träumen, bei denen ich lange nach den richtigen Sätzen suchen muss, bevor sich ihre Gesichter erhellen. In dem Gesicht dieses Psychologen gab es keine düsteren Wolken, es sah so rund und glatt aus wie der volle Mond über einer nächtlichen Wiese, bleich und ein wenig langweilig. Ich liebte ihn nicht und er liebte mich nicht, wir würden einander nicht zerstören.

Erleichterung war es gewesen, Erleichterung auf den ersten Blick. Erleichterung, dass es mit ihm einfach sein würde, und Erleichterung, dass die Psychologin nicht mehr den Gang entlangkam, die Frau mit den wasserstoffblonden Haaren und der engen rosafarbenen Jeans, vor der ich in den ersten zwei Wochen mittwochs von neun bis zehn gesessen hatte.

Frau H., sagt sie euphorisch. Wie geht es uns heute?

Gut.

Ich könnte sie schon wegen des *Uns* erschlagen, mit dem sie mich in Besitz nimmt. Vielleicht bin ich ja doch zu Recht hier drin?

Sie sollten mehr für sich selber tun.

Du sollst, das hatten wir doch in den Zehn Geboten. Ich zeichne Blitze und Totenköpfe auf einen roten Zettel und halte die Hand davor, wie um einen Banknachbarn am Abschreiben zu hindern.

Ja.

Was halten Sie davon, wenn die Stylistin einmal zu Ihnen kommt?

Ja. Gut.

Mein letzter Zettel ist voll, ich beiße die Zähne zusammen und versuche wegzuhören und abzuwarten, bis die Stunde zu Ende ist.

Eine Typberatung? Welche Haarfarbe ... welcher Kleidungsstil ... welcher Nagellack ...

Ja. Ja. Ja. DANKE!

Nun hatte sie eine zertrümmerte Kniescheibe und ich bemühte mich, nicht schadenfreudig zu grinsen, weil ich sonst meiner Mutter ähnlich gesehen hätte.

Statt der Psychologin kommt mittwochs der Psychologe mit seinem bleichen Gesicht den Gang entlang, um mich in den Therapieraum zu holen. Guten Morgen, Maria, begrüßt er mich lautlos, nur mit Lippenbewegungen. So ausgesprochen, erschreckt mich mein Name nicht. Guten Morgen, Konrad, grüße ich genauso zurück.

Das erste Mal haben wir uns noch unterhalten, wie ich mich mit jedem hier unterhalte, ich mit Zettel und Stift und der andere im Vollbesitz seiner Sprache.

Wie fühlt es sich eigentlich an, hat Konrad mich gefragt, so mit Stift und Zettel zu reden?

Psychologensprache, habe ich gedacht.

Ich fühle mich unterlegen, habe ich auf einen grünen Zettel geschrieben. Grün ist die Hoffnung und grüne Zettel verwende ich für Leute, bei denen ich hoffe, dass sie mich verstehen.

Du fühlst dich unterlegen, hat Konrad mit fragendem Ton wiederholt.

Papageiensprache, habe ich gedacht. Er scheint mich für so krank und kränkbar zu halten, dass er sich nur nachzuplappern getraut.

Unterlegen, was sonst!, habe ich noch einmal geschrieben, auf einen rosa Zettel.

Wer redet, hat alle Machtmittel zur Verfügung. Während er dir einen guten Morgen wünscht, können seine Augen dich mit dem Tod bedrohen, und während er dich fragt, ob es dir gut geht, kann sich seine Stimme zur Faust ballen und dich an die Wand nageln. Und du kannst ihm nie etwas nachweisen, die düstere Miene und der drohende Ton verfliegen und im Raum bleibt nur deine Angst zurück.

Dem Redenden kann man nie etwas nachweisen. Den Schreibenden kann man auf seine Worte festnageln, habe ich auf einen rosa Zettel geschrieben.

Festnageln, hat Konrad in seiner Psychologen-Papageiensprache wiederholt und ich habe schon nach einem roten Zettel gefingert.

Aber ist das nicht ein Vorteil des Schreibens? Ist es nicht verlässlicher, eindeutiger?

Die Frage erleichterte mich. Er schien mich doch ernst zu nehmen und mir nicht nur nach dem Mund zu reden.

Eigentlich schon, habe ich geschrieben, wieder auf einen grünen Zettel.

Wäre es vielleicht besser, alle Menschen würden schreiben, anstatt zu sprechen?

Eigentlich ja.

Ja, das würde tatsächlich die Welt verändern, hat er gesagt und wir haben beide gegrinst, ich mit Gedanken an Schwester Manuela, die der tobenden Hanna-Nicole einen roten Zettel hinhält mit der Aufschrift: Wir müssen Sie jetzt leider fixieren. An wen oder was Konrad gedacht hat, weiß ich nicht.

Wäre es dir lieber, wir würden uns nur schreibend unterhalten?, hat er nach einer Weile gesagt.

Ja, eindeutig.

Dann musst du mir heute ein paar Zettel ausleihen.

Ich habe ihm einige von den grünen gegeben, die ich ohnehin am seltensten brauche. Meine Rührung musste ich auf die Zigarettenpause verschieben, es ging nicht, dass ich Tränen in meine Augen ließ und mich gleich in der ersten Stunde verletzlich machte.

Seither verzichtet Konrad auf das Sprechen, sobald er vor mir steht. Auf dem Weg durch die Gänge verständigen wir uns mit Gesten und Mundbewegungen und im Therapieraum mit zwei Notebooks, die wir einander gegenüber aufstellen. Ich schreibe gern auf dem Notebook, man kann sich so schön dahinter verstecken, wenn man Angst hat oder eine Denkpause braucht. Ich denke langsamer als Konrad, er tippt langsamer als ich, wir haben Geduld miteinander und keiner ist dem andern voraus.

Noch zwei Stunden, bis er den Gang entlangkommt, und eine Stunde bis zum Frühstück. Ich muss schnell zurück, zum dritten Tag ohne Sprache, zurück in mein Bett, wo ich aufgewacht bin, zum vorletzten Mal in dem Haus. Eingeschlafen war ich erst gegen Morgen und lag nun mit leerem Kopf da, kein Traum hatte mich in dieser Nacht weggeführt und ich war irgendwie verärgert darüber; selten hatte ich so sehr eine Entschädigung für die Realität gebraucht und nun war sie mir verweigert worden, von wem auch immer.

Der Schreck beim Gedanken an den Sprachverlust war schwächer geworden als am vorigen Tag, stärker dagegen der Wunsch, weit weg zu sein, irgendwo auf einer Insel, einer der japanischen oder Tahiti, am besten bei Sturm, unerreichbar für alle Schiffe, abgeschnitten vom Telefonnetz, abgetrennt von meinem Leben und meinen vermeintlichen Lieben. Aber wie am Abend zuvor gelang es mir nicht, mich an einen anderen Ort hinzudenken.

Ich habe nicht mehr versucht einen Laut zu erzeugen, sondern bin langsam aufgestanden und habe aus dem Fenster gesehen. Wieder würde es ein sonniger Tag werden. Regen wäre mir lieber gewesen, weil er zu meiner Stimmung passte. Ich war schon als Kind erleichtert, wenn sich der Himmel verdunkelte und die Regentropfen aufs Dach prallten, weil es mich der Pflicht enthob, fröhlich zu sein. Wenn ich Glück hatte, würden meine Eltern vormittags zum Gärtner fahren, um fröhliche Blumen für die Fensterkästen zu kaufen, und ich würde für eine Stunde das Haus und den Garten besitzen.

Die Euphorie des Kindes, wenn die Eltern fort sind. Ich habe sie mit einundvierzig noch genauso gespürt wie mit vier. Plötzlich alles tun können, ohne dass jemand mit besorgtem Blick oder mahnendem Zeigefinger oder zornig erhobener Hand hinter einem steht. Vor Glück nicht wissen, was man zuerst machen soll, in den Garten laufen und einen Stuhl in die Sonne stellen, wieder ins Haus laufen und ein Buch und ein Wasserglas holen, wieder hinaus und sich hinsetzen, noch einmal ins Haus hinein und den Saft und den Strohhalm. Ich wollte ja gar nichts Verwerfliches tun, nicht kiffend am Teich sitzen, Bierflaschen auf die Karpfen werfen oder Flüche über das Wasser grölen; nur im Gras sitzen, in die Sonne blicken, eine Seite in einem Buch lesen, etwas Saft trinken, eine Zeile aus einem Lied vor mich hinsingen, wieder eine Seite im Buch lesen, diesmal nicht, um zu fliehen, sondern um in die Wirklichkeit zurückzukehren, über den Rand des Buches auf die blaue Wasserfläche zu blicken und zu denken, dass alles gut ist.

Hast du eigentlich einen Traum, Maria?, hat Konrad letzte Woche in seine Tastatur getippt.

Träume hatte ich viele.

Was meinst du mit Traum?

Etwas, das du schon immer mal machen wolltest und bisher nie machen konntest.

Am Teich sitzen und meine Ruhe haben.

Du wolltest am Teich sitzen und deine Ruhe haben ...

Psychologensprache.

Und Akkordeon spielen.

Ich habe es so schnell getippt, dass ich das Wort *Akkor-*

deon zweimal korrigieren musste, bevor ich es absenden konnte.

Am Teich sitzen und Akkordeon spielen, wie ein Seemann auf hoher See. Und hast du denn ein Akkordeon?

Ja, von meinem Großvater, habe ich getippt.

Wenn meine Eltern unterwegs waren, bin ich auf den Dachboden hinaufgestiegen und habe es aus dem Schlaf geweckt, das Akkordeon meines Großvaters. Nicht mehr das Prachtstück von früher, an einer Seite hatte es eine Delle, im Blasebalg war ein Loch, durch das die Luft strömte und mir die Haare aus der Stirn wehte, der C-Bass blieb stumm, aber die restlichen Tasten genügten. E-moll, D-Dur, e-moll, habe ich immer gespielt, mit Blick aus dem kleinen Dachbodenfenster wie aus der Luke einer belagerten Burg. *Lady in Black*, das Lied, das mir in meiner Jugend eine ältere Schülerin zugesteckt hatte, eine angehende Theologin mit Jesuslatschen und filzigen Locken, die in der Schule ebenso fremdartig wirkte wie ich. Das brauchst du. Ich hatte die Kassette in meinem Zimmer etwa zum zweiunddreißigsten Mal gehört, da kam meine Mutter herein, schaute mich erstaunt-betrübt-erschüttert an und sagte in das eintönige Dröhnen des Basses hinein: Seit wann hörst du denn diese Krawallmusik? Eine Frage, die keine Antwort verlangte, sondern dass man sich schämte und den Ausschaltknopf drückte. Ich hatte das Lied fortan nur noch abends gehört, wenn die beiden zu Bett gegangen waren, den Rekorder unter der Decke am Ohr.

Nun spielte ich es heimlich auf dem Dachboden, als ginge es nicht um Musik, sondern um Marihuana, und ich wäre nicht einundvierzig, sondern vierzehn. Ich war in einem Kampf gefangen, den ich nicht gewinnen konnte, ebenso wie das Lied in seiner eintönigen Melodie gefangen war, die sich nur zwischen den beiden Akkorden bewegte und aus ihrer Spur nicht herauskam. Auch mein Drang war groß, dieser Verschwendung von Leben ein Ende zu setzen, aber ich habe es nicht einmal gewagt, das Akkordeon die Treppe hinunterzutragen und mich damit an den Teich zu setzen, meine Eltern hätten früher als vermutet zurückkehren und mir das Spiel für immer verleiden können. Das Akkordeon und ich, diese Liebesbeziehung musste verheimlicht bleiben. So bin ich am Dachbodenfenster sitzen geblieben und habe das Instrument hastig wieder in den Koffer gesperrt, wenn das Auto den Weg entlangkam, und sobald meine Eltern das Haus betraten, saß ich lautlos an meinem Schreibtisch, als hätte ich mich nie von dort wegbewegt.

Hektische Schritte, ein fleckiges Gesicht ist im Glaskasten aufgetaucht. Nicht schon wieder Schwester Manuela, hat sie denn keine dienstfreien Tage? Sie wird am leichtesten wütend von allen, vielleicht über ihre eigene Verrücktheit, die sie in den Schwesternkittel einzusperren versucht. Wir werden uns heute zusammenreißen müssen, Schmollmilies gibt es von ihr schon, wenn ein nasses Handtuch auf dem Boden liegt.

Nicht schon wieder Wassertreten, Schwester Manuela. Ich will doch nur meine Ruhe. Nie kann ich mich in etwas versenken, alle halbe Stunde werde ich herausgerissen und zur nächsten Station gejagt. Sie scheinen zu glauben, dass wir dann gesund sind, wenn wir pünktlich wie der Zug alle Stationen des Tages erreichen und wieder verlassen. Dann lächeln abends alle Smilies in unseren Mappen, dann lächeln alle Schwestern und Ärzte.

Ist ja gut, Schwester Manuela, ich komme.

Der vorletzte Tag in dem Haus. Beide Katzen saßen im Flur und ich war erleichtert, dass ich nicht auf sie warten und bangen musste. Heute brauchte ich sie nötiger denn je. Ich habe ihnen kein Futter hingestellt, damit sie mir in die Küche nachrannten und ich das Frühstück mit ihnen teilen konnte. Dort habe sie auf die leeren Stühle am Tisch gelockt, jedem einen Teller hingestellt, Käsestücke daraufgelegt und einen Klecks Sahne daneben. Nun hätten wir alle drei auf den Stühlen sitzen können, ich und meine zwei Gäste, die noch nie über mich gelästert haben, und zusammen kein heiliges Abendmahl, sondern ein unheiliges Frühstücksmahl feiern können. Aber die beiden sind von den Stühlen gesprungen und haben mit erhobenen Schwänzen an der Tür gedrängelt, damit ich sie an ihren gewohnten Platz zurückkehren ließ. Ich habe es aufgegeben und ihnen die Tür geöffnet und meinen Kaffee wieder allein getrunken, im Stehen.

Ich weiß nicht, wie es ist, einen Mann zu haben, aber ich stelle es mir schön vor. Einen Mann, der nicht so erschreckend erwachsen ist, dass man den kleinen Jungen in ihm nicht mehr sehen kann. Einen, der mich nicht modellieren will, sondern mich ruhig ansieht und schön findet, wie ich bin. In dessen Umarmung ich mich fallen lassen kann, ohne darin unterzugehen.

Aber er wäre nicht lange mein Mann gewesen, dort in dem Haus. Meine Mutter hätte seine Lieblingsgerichte herausgefunden und Bohneneintopf mit Speck oder Rippchen die Treppe heraufgebracht, weil ich schlechte Frau sie ihm nicht gekocht hätte, und sich als Dritte an unseren Tisch gesetzt. Meine Mutter hätte seine Socken und Unterhosen vor mir aus der Waschmaschine gezogen und sauber gebügelt die Treppe heraufgebracht, weil ich schlechte Frau gemeint hätte, Socken braucht man nicht bügeln. Meine Mutter hätte sich ihm im Garten mit ihrem süßesten Lächeln in den Weg geworfen und so lange zuckersüß auf ihn eingeredet, bis er geglaubt hätte, dass es leicht und einfach wäre, in Frieden in einem Haus zusammenzuleben, wenn ich nicht so hoffnungslos schwierig wäre, und schließlich hätte ihre betrübte Miene auf ihn abgefärbt und er wäre betrübt zu mir in die Wohnung zurückgekehrt. Ich bin froh, dass ich keinen Mann hatte, dort in dem Haus, er hätte am Ende mit meiner Mutter unter einer Decke gesteckt oder gelegen und ich wäre alleiner gewesen als allein.

190 Seiten Arbeit lagen noch vor mir, 190 Seiten konnte ich noch in meiner Ersatzwelt verbringen und war für einige Stunden vor dem Leben im Haus geschützt. Danach würde hoffentlich – ich hätte gern darum gebetet, aber ich hütete mich davor, weil Gott meine Mutter erhörte und nicht mich – eine neue Arbeit mit der Post kommen und mir einen Fluchtweg in ein anderes Land eröffnen. Ich erinnerte mich mit Grauen an die Phasen ohne Arbeit. Auf dem Stuhl sitzen, warten, dass die Zeit vergeht, hoffen, dass niemand kommt, an besseren Tagen *Metallica* hören und Fenster putzen, an schlechteren in der abgegriffenen Bibel lesen, aber nicht in den Dankespsalmen, sondern jene Stellen, die meine Mutter schnell überblätterte und bei denen sie mich mit düsterer Stimme warnte: Versündige dich bloß nicht!, wenn ich sie zitierte. *Warum bin ich nicht gestorben bei meiner Geburt? Warum bin ich nicht umgekommen, als ich aus dem Mutterleib kam?* Nicht alle Stellen der Bibel waren zitierbar, vor allem nicht die, die sich gegen Gott und die Eltern richteten; diese Stellen auch nur zu lesen war die Sünde, die nicht vergeben wird.

Wenn ich gewusst hätte, dass ich am anderen Tag das Haus für sehr lange verlassen würde, hätte ich die Korrekturseiten schnell zu Ende gelesen, abgeschickt und die Rechnung geschrieben, meinen Schreibtisch aufgeräumt, das Zimmer geputzt und danach die restliche Wohnung, um alles ordentlich zu hinterlassen. Nun musste die Korrektur jemand anders beenden und ich weiß nicht, ob er die Heldin gut behandelt und genügend betrauert hat. Meine Schreibtischplatte liegt voll zerknüllter Blätter und unter den Sesseln sind die Staubflusen sicher zu riesengroßen Wollmäusen herangewachsen.

An jenem Tag bin ich schneller durch den Wald gelaufen als sonst, ich bin sogar eine Weile gerannt, aber das Grauen ließ sich nicht abschütteln, es hatte sich an mir festgehängt und verfolgte mich. Die Natur verwandelte sich, wohin ich auch kam, ein morsches Holzstück war ein verwestes Tier mit grausam verbogenen Beinen, aus einer aufgerissenen Baumwurzel quoll gelber Eiter, am Stamm einer Birke hatte sich eine Krebsgeschwulst ausgestülpt, die den Baum mit ihrem Gewicht auf die Seite zog. Ich wäre am liebsten mit geschlossenen Augen weitergelaufen, aber wahrscheinlich wären im Dunkeln die gleichen Bilder entstanden. Auf dem letzten Stück bin ich wieder gerannt, diesmal überzeugt, die leblosen Körper meiner Katzen am Wegrand zu finden, überfahren oder vergiftet oder erstickt.

Der Graue kauerte im Garten unter der Forsythie und wollte nicht mit ins Haus, aber es genügte mir, dass er da war. Ich habe mit rasendem Herzschlag die Haustür geöffnet, drinnen roch es nach Zugluft, nach Schlamm und nach etwas Fremdem. Als ich die weiße Schwanzspitze meines gelben Liebsten unter dem Sessel herausragen sah, wäre ich am liebsten auf die Knie gesunken und hätte Gott gedankt, wenn ich nicht befürchtet hätte, dass er dann auf mich aufmerksam werden und auf die Einflüsterungen meiner Mutter hören könnte. (Es ist völlig ungesund, wie sie an diesem Katzenvieh hängt. Die Viecher werden in unserem Haus sogar besser behandelt als die Menschen.)

Ach nein, nicht schon Frühstück. Vor der Stationstür ist der Essenswagen vorgefahren, der Geruch wässrigen Kaffees weht den Gang entlang. Im Glaskasten wirft Schwester

Christine kleine weiße Tabletten in kleine durchsichtige Plastikbecher, ihre blonden Locken wippen dabei. Der Engel des Vergessens. Wenn meine Mutter sehen würde, wie sie mir die Tabletten geben, würde sie zustimmend nicken und hinter ihrer besorgten Miene ein breites Lächeln verbergen.

Hast wohl wieder nicht schlafen können?, hatte sie morgens zu mir gesagt, wenn bei mir nachts das Licht brannte. Lass dir doch mal was gegen diese Unruhe verschreiben, dagegen gibt es heutzutage Mittel. Ihr Gesicht ganz Besorgnis um meine Gesundheit.

Hass macht krank!, hatte sie triumphierend zu meinem Vater gesagt, wenn sie die Treppe hinuntergestapft war. Drei kurze Wörter wie Hammerschläge auf meinen Kopf als Strafe, weil ich sie nicht genug liebte.

Wenn ich Tabletten nahm und nicht sie, war es für sie der Beweis, dass ich krank war und nicht sie, dass ich sie hasste und nicht sie mich. Ich werde die Medikamente heute verweigern, nein, Schwester Christine, werfen Sie meinen Becher gleich in den Mülleimer und vergessen Sie es, ich nehme sie nicht!

Natürlich bin ich wieder zu feige gewesen, mich zu wehren. In meinem Kopf breiten sich die bekannten Nebel aus und wollen mir die Sicht versperren. Aber die Spitze meines schönen lilafarbenen Kugelschreibers, der nach zahllosen Seiten immer noch schreibt, ist meines Fußes Leuchte und ein Licht auf meinem Wege. Das Schreiben wird mir Klarheit verschaffen.

Ich habe den Kater unter dem Sessel kauern lassen und bin beklommen den Flur entlanggegangen, obwohl ich mich gern verkrochen hätte, am besten unter den Linoleumboden, aus dem nachts neben den Katzenschüsseln die Silberfischchen herauskamen. Niemand brauchte mir zu erklären, warum Kafka an einem Morgen als Ungeziefer erwacht war, ich wusste es seit meiner Geburt.

Der Boden knarzte in meiner Küche. Wieder hatte meine Mutter alle Fenster gekippt, aber heute war sie noch einen Schritt weiter gegangen, oder einige Schritte. Der Tisch stand nicht mehr vor dem rechten Fenster, so dass ich vom Stuhl auf die verbliebene Birke blickte, sondern zwischen den Fenstern, mit Blick auf die Wand. Auf dem Tisch, da lag eine Plastiktischdecke mit handgroßen Blumen, so grell gelb und orange und rot, dass es in den Augen stach, und verströmte Plastikgeruch in meine Wohnung.

Ich habe dir nur eine schöne bunte Tischdecke mitgebracht, hat meine Mutter gesagt, mit der rechten Hand über das Plastik gestrichen und mich gütig-forschend angesehen. Damit man den hässlichen alten Tisch nicht so sieht!

Ich will aber keine Tischdecke, hätte ich sonst eingewandt, an gewöhnlichen Tagen. Ich mag den alten Tisch, wie er ist, mit den Schrammen. Er sieht ehrlicher aus.

Na dann eben nicht, hätte meine Mutter gemurrt. Dann hast du es eben hässlich, wenn du es unbedingt hässlich haben willst! Damit hätte sie die Tischdecke zusammengerafft und meine Küchentür zugeknallt und ein Stock tiefer mit sägezahnscharfer Stimme zu meinem Vater gesagt: Es wird ihr keinen Segen bringen, das Versöhnungsgeschenk einer Mutter abzuweisen! Und ich hätte droben auf meinem Stuhl gekauert und an das Märchen von Dornröschen gedacht und dass ich für die abgewiesene dreizehnte Fee mit dem Fluch keine Erklärung brauchte.

Später am Vormittag hätten meine Eltern die Autotüren zugeknallt und wären mit der wieder sauber gefalteten Tischdecke zur Cousine Moni gefahren. Der kleinen dicken Tochter von Tante Elli, die immer wieder alles verlor und alles dankend entgegennahm, deren zahlreichen Kindern die Kleider aus meiner Kindheit passten, deren Puppen die

Kleider meiner Puppen trugen und denen jetzt auch der Wald und die Wiese gehören, weil sie dankbarer waren als ich. Ich habe das Testament nicht angefochten, sondern abgenickt und meine Unterschrift daruntergesetzt. Mag die Cousine die Bäume absägen lassen, um für eine Weile an Geld zu kommen, ich brauche keinen Wald mehr, um mich darin zu verstecken. Wenn nur noch die Baumstümpfe stehen, muss sich die Morgensonne nicht mehr durchs Dickicht quälen, bis sie am Haus ankommt, sondern wird hell in mein Schlafzimmerfenster scheinen.

Aber jetzt hatte das Szenario sich geändert. Jemand hatte das Drehbuch umgeschrieben, die Plastiktischdecke lag da und mir fehlten die Worte bis auf die drei, die ich am allerwenigsten brauchte.

Ich habe dir nur eine schöne bunte Tischdecke mitgebracht.

Ja. Gut. Danke. Ich trat ans Fenster, damit sie nicht aus meinen Augen die Lüge herauslesen konnte.

Damit man den hässlichen alten Tisch nicht so sieht!

Ja. Gut. Danke. Ich wischte einen Fleck von der Spüle, damit sie die Blitze der Wut in meinen Augen nicht sah.

So sieht es gleich viel schöner aus!, hat meine Mutter gesagt, einen zufriedenen Rundumblick durch meine Küche geworfen, als wäre es ihre, hat die Tür zugemacht und ist die Treppe hinuntergegangen. Wenn sie zufrieden war, klangen ihre Schritte weniger laut als sonst. Nein, umgekehrt: Wenn sie wütend war, klangen sie lauter, als müsste sie mit den Tritten den Boden bestrafen, wenn sie schon mich nicht bestrafen konnte.

Ich bin jetzt so wütend, dass ich Sternchen sehe. Bis zur Therapie muss ich mich unbedingt wieder beruhigen, sonst kann ich mich nicht freuen und die Stunde rast an mir vorbei wie die Fahrt im Polizeiauto bis hierher. Ich werde einstweilen zu schreiben aufhören.

Schon fast Mittag. Ich war zwar nur zwei Treppen tiefer und einen Gang weiter, aber ich komme mir vor wie aus einer anderen Welt zurückgekehrt. Nach dem Frühstück habe ich so lange auf meinem Stuhl gesessen und gewartet, bis die Zeit immer langsamer wurde und schließlich stehen blieb. Ich hatte mich damit abgefunden, dass heute niemand mehr kommen würde. Konrad war krank oder es war ihm zu mühsam geworden, mich zu behandeln, und er hatte den Fall an einen Kollegen abgegeben, oder sie hatten im Glaskasten ausgehandelt, dass ich untherapierbar war und man sich die Kosten sparen konnte. Plötzlich stand er neben mir, mit seinem präzise gebügelten himmelblauen Hemd, der präzise gebügelten schwarzen Hose und den Schuhen, an denen ich immer die Augen ausruhe, wenn ich während der Stunde unruhig werde. Es sind stets dieselben Schuhe, schwarze, bequeme Slippers, an den Seiten abgeschabt, aus dem linken quillt oben das Futter heraus. Ich beruhige mich bei dem Anblick und spüre, wie die Angst abnimmt und mein Atem langsamer wird. Nichts muss fehlerlos sein, auch nicht ich.

Ich habe gedacht, wir könnten heute ein bisschen träumen? Was meinst du?, hat er getippt, als wir in dem kahlen Behandlungszimmer saßen, zwischen uns die beiden Notebooks als schöne Trennung/Verbindung.

Im Prinzip ja, habe ich zurückgetippt. *Was meinst du mit träumen?*

Ich habe gedacht, wir könnten ein bisschen Musik machen?, hat er geschrieben und über das Notebook zu mir herübergelugt, einen ergebnisoffenen Ausdruck auf seinem bleichen Gesicht. *Wenn du nichts anderes vorhast?*

Im Prinzip nein.

Er hatte tatsächlich ein Akkordeon mitgebracht. In der Ecke stand der Koffer, neben der Gitarre in dem unförmigen braunen Stoffbeutel, ich hatte ihn beim Hereinkommen nicht bemerkt. Als ich ihn aufklappte und das Instrument herausließ, es war ein kleines blaues mit vierundzwanzig Bässen, haben mich die Erinnerungen überflutet. Das Akkordeon und der Dachboden, der Belagerungszustand, das Gefühl, keine Luft zu bekommen. Mein Leben lang habe ich geglaubt, dass ich kurzatmig bin. Erst bei der abendlichen Entspannungsübung im Speisesaal habe ich festgestellt, dass ich dreimal länger die Luft anhalten kann als jeder andere auf der Station. Vielleicht habe ich die zehneinhalb Jahre in dem Haus unter Wasser gelebt.

Ich habe gedacht, wir könnten ein paar lustige Lieder spielen?, hat er in sein Notebook getippt. *Oder auch traurige? Was für Lieder magst du denn so?*

Ich konnte noch nichts zurückschreiben, musste das Instrument erst einmal befühlen, die glatten Tasten, die runden Knöpfe. Es roch nicht nach Dachboden, eher nach Büro und Papier. Ich habe es auseinandergezogen und es nahm einen tiefen Atemzug wie nach einem langen Tauchgang.

Der erste Akkord. E-moll wie immer, nur kräftiger, ohne das Loch im Balg und ohne mir die Haare aus dem Gesicht zu wirbeln. *In darkness I was walking and destruction lay around me from a fight I could not win.* Die Erinnerungen sind über mir zusammengestürzt und wollten mich unter sich begraben, aber Konrad kam um den Tisch herum und legte ein Liederheft vor mich hin und zog mich wieder heraus.

Zusammen haben wir das Heft mit den Anfängerstücken durchgeblättert, auf Liedertitel gezeigt, sie mit energischem Kopfschütteln verworfen oder mit begeistertem Ja und Nicken begrüßt, die Notebooks waren vergessen und hatten sich selbständig abgeschaltet.

Kleiner Walzer.

Kopfschütteln von meiner Seite.

Jingle Bells.

Einstimmiges Kopfschütteln.

Schlafe, mein Prinzchen.

Kopfschütteln und Lachen. Das Lachen war mir seltsamerweise geblieben.

Sascha liebt nicht große Worte.

Ergebnisoffener Blick von Konrad, der die abgeschabte Gitarre auf den Knien schaukelte, und begeistertes Nicken von mir.

Das Lied stand auch in dem Liederheft auf dem Dachboden. Nicht in dem verblassten meines Großvaters mit der Schnörkelschrift und den deutschen Walzern und Märschen, sondern in dem Anfängerheft, das ich heimlich gekauft hatte und in einer Ecke hinter der Isolierung versteckte. Ich habe immer den mürrischen Sascha gemocht, der tat, was sein Vater sagte, aber mit unterdrückter Wut. Ich habe die frechen Pferdchen gemocht, die sich gegen seine Frechheiten wehrten. Und ich habe vor allem die freche Melodie gemocht, eine echte Nervensäge, die man immer weiterspielen wollte, so dass man am Ende das Lied gleich wieder von vorn anfing.

Nja nja nja, nja nja nja. Akkordeonspielen ist wie Laufen und Schwimmen, man vergisst es nicht. Meine Finger haben sofort die Tasten und Knöpfe wiedergefunden. Bei der zweiten Strophe hatte auch meine Stimme den Ton gefunden und ich habe mitgesummt, bei der dritten öffneten sich meine Lippen und die Zunge kam in Bewegung, *nja nja nja, nja nja nja*, ich war ein Kind und spielte mit Wörtern, sie rollten mir über die Lippen wie Bälle, *njein njein njein, njein njein njein, nein*!

Außer Atem, verdattert und glücklich ließ ich das Instrument verschnaufen und sah zu Konrad hinüber, der noch einige Male e-moll zupfte, ein Grinsen auf dem bleichen Gesicht. In meiner Kehle klopfte die Angst an, die mein Leben lang jedes Glücksgefühl begleitet hat; am liebsten wäre ich aufgesprungen und hätte Konrad den Mund zugehalten. Gleich würde er lachen und triumphierend sagen: Siehst du?

Ich hab's doch gewusst, und würde alles zerstören und ich würde nie mehr spielen und singen. Aber Konrad sagte nichts, er rückte nur mit dem Stuhl wieder an den Tisch und berührte über die Gitarre hinweg das Notebook.

Und? Träumen wir nächste Woche wieder?, erschien wenig später auf meinem Bildschirm.

Ja, gerne, schrieb ich zurück und das Ja war dieses Mal nicht gelogen.

Der Geruch von Sauerkraut zieht durch den Flur, vermischt mit Speck und Zwiebeln und meiner Mutter. Ich werde mich heute nur vor das Tablett setzen und versuchen an etwas Schönes zu denken, an die Niagarafälle, den Baikalsee oder die Städte der Maya. Speckbröckchen kann ich nicht schlucken, sie wachsen in meinem Mund zu Klumpen und wollen nicht durch den Engpass der Kehle.

Ich bin aus der Küche geflüchtet, an jenem Tag, um die Plastikfarben nicht länger sehen und die Plastikdämpfe nicht länger atmen zu müssen, die von der Tischdecke aufstiegen. Auch in meinem Zimmer war ich nicht sicher, die orangeroten Dämpfe kämpften sich bereits durch den Spalt unter der Tür und begannen am Boden entlangzuwabern, ich spürte ein Stechen im Brustkorb, bald würde ich Asthma bekommen und gleich danach Lungenkrebs. Der gelbe Kater hatte sich auf meinem Schreibtisch zusammengerollt, ich hätte ihm am liebsten die Nase zugehalten, um ihn vor den Dämpfen zu schützen. Wir würden beide vergiftet werden, wenn wir blieben, aber fliehen konnten wir auch nicht. Nein, ich hätte am liebsten die Tischdecke in kleine Schnipsel geschnitten und aus dem Fenster regnen lassen, aber ich konnte sie nicht einmal zusammenfalten und hinaus auf die Treppe legen, was hätte ich sagen sollen? Nichts und niemand konnte meine Mutter fortan davon abhalten, zu jeder

Zeit in meine Wohnung zu kommen und mir was auch immer zu schenken.

Nicht mehr mit bösen Wörtern konnte ich meine Mutter abhalten, auch nicht mit höflichen. Allenfalls hätte ich einen Zettel schreiben und an die Tür zwischen dem Treppenhaus und meinem Flur heften können. Es hätte kein roter Zettel mit einem Totenkopf sein müssen, nur ein rosafarbener mit der nüchternen Aufschrift: ICH MÖCHTE NICHT, DASS DU IN MEINE WOHNUNG KOMMST. Aber ob höfliche oder böse Wörter, die Wirkung wäre die gleiche gewesen. Ein Zettel! Welche Vorstellung! Welcher Affront! Meine Mutter wäre rücklings die Treppe hinuntergestürzt und ich hätte den Rest meines Lebens für die Spätfolgen an ihren Nerven gebüßt. Schreiben war in unserem Haus streng verboten, es war verwerflicher als Schreien und Schlagen. Die Absage an die Mutter lesbar auf einem Papier festhalten und sie offen zeigen, das war im Grunde ein Mordversuch.

Ich habe meiner Mutter Briefe geschrieben. Briefe voller Bitten, meine Grenzen zu respektieren, Bitten, mich zu verstehen – ebenso wie die Juden oder die Leute, die Fernsehen mochten oder laute Musik hörten oder nicht in die Kirche gingen. Briefe, über denen ich tagelang gegrübelt hatte, um gerecht zu sein und meine Mutter nicht zu verletzen. Mit wackeligen Knien war ich abends die halbe Treppe hinuntergegangen und hatte mit zitternden Fingern den Umschlag auf eine der Stufen gelegt.

Am nächsten Vormittag kam meine Mutter die Treppe heraufgestapft und in die Wohnung, das Gesicht zerknittert, die Augen gerötet, in der Hand einen Strauß mit prallen gelben und roten Astern und Dahlien.

Bitte vergib mir alles, was ich in meinem Leben falsch gemacht habe! In den Augenwinkeln wölbten sich Tränen.

Ich weiß schon, dass ich eine schlechte Mutter bin! Die Tränen traten über die Ufer und rannen die Wangen hinunter.

Ich war so verwirrt, dass ich gar nicht mehr wusste, was ich geschrieben hatte, den Strauß entgegennahm und mich drücken ließ und sie wieder drückte, mit der Blumenhand und der leeren Hand hinter ihrem Rücken. So ist Versöhnung. War so Versöhnung?

Abends waren ihre Tränen getrocknet, wenn sie die Nummer von Tante Anita ins Telefon tippte und ihre Stimme wetzte. Sie sei völlig mit den Nerven am Ende und hätte zwei Nächte nicht geschlafen. Ich hätte ihr einen Brief geschickt! Einen Brief voller ekelhafter Vorwürfe! Ich würde sie früher oder später ins Grab bringen, wenn ich so weitermachte.

Also habe ich es aufgegeben, meiner Mutter zu schreiben, weil sich meine Worte, einmal niedergeschrieben, in etwas verwandelten, das ich nicht mehr verstand. Ich hätte etwas ganz anderes schreiben müssen. Eins dieser bunten, aus Holz ausgesägten Türschilder, an den Seiten große Sonnenblumen, deren Gesichter immer lächeln, bei jedem Wetter, darunter in sauberer bunter Schülerschrift: HERZLICH WILLKOMMEN! Ich hätte meiner Mutter entgegenspringen müssen, wenn sie die Tür öffnete, hätte das Lächeln der Sonnenblumen bestätigen und meine Arme ausbreiten müssen. Du bist selbstverständlich jederzeit willkommen! Aber ich konnte es nicht.

Meine Mutter war kein willkommenes Kind gewesen. Das Kind eines lustigen Vaters, der nach der Arbeit das Akkordeon in den Wirtshäusern der Umgebung spielte oder mit dem Motorrad über die Landstraßen fuhr, die Großmutter auf dem Soziussitz. Erst heiraten wir, dann bauen wir uns ein schönes Haus und dann fängt das Leben an, versprach er der Großmutter und schenkte ihr einen großen gelben Hut, den sie auf dem Motorrad festhalten musste. Aber das letzte Versprechen konnte er nicht mehr halten. Statt des Lebens fing der Krieg an, er musste nach Frankreich und die Großmutter saß allein in dem schönen Haus. Und dann erwartete sie auch noch ein Kind.

Das Kind einer traurigen Mutter, die gezwungen war, von der Fabrik daheimzubleiben, wo wenigstens in den Pausen gelacht wurde, und mit dem Neugeborenen allein in dem großen kalten Haus saß. Das Motorrad verstaubte im Schuppen, stattdessen musste sie mit dem Handwagen in den Wald fahren, um Brennholz für den Ofen zu holen. Der gelbe Hut verblasste im Schrank, die Großmutter ging mit dem Kopftuch aufs Feld, um Kartoffeln zu sammeln. Das Akkordeon stand verstummt im Regal, vom Großvater kamen Feldpostbriefe, in denen er nicht mehr lustig klang. Aber das Kind war da und schrie und musste gefüttert und gesäubert und ins Bett gebracht werden. Die Großmutter nahm es dem Kind übel und blickte verfinstert auf es herunter. Später schlug sie es, mit der ganzen Hand ins Gesicht oder mit dem Kochlöffel auf den Hintern. Du gehörst in ein Erziehungsheim, schimpfte sie oder: Du bringst mich noch irgendwann ins Grab.

Meine Mutter erzählte es später, nachsichtig lächelnd. Das hat mir nicht geschadet, die Schläge habe ich gebraucht. Sie beschönigte ihre Kindheit, aus sechs Jahren Kriegselend und drei Jahren Nachkriegselend machte sie eine heile Welt, in der immer Sommer war, aus Wasser mit Essig und Zucker Limonade gerührt wurde und sie mit den anderen Kindern im Teich schwimmen ging. Wenn sie zugegeben hätte, dass es ihr geschadet hatte, hätte sie zugegeben, dass sie beschädigt war; eine Mutter mit Schaden war. Das durfte nicht sein, also wurde der Schaden auf mich abgewälzt. Du hast einen Dachschaden, habe ich meinen Vater in den seltenen Momenten sagen hören, in denen er aus seinem Schweigen herauskam und zum Sprachrohr der Mutter wurde. Wenn die beiden mich hier sehen würden, in der forensischen

Psychiatrie mit all den Verbrechern und Psychotikern, würden sie sich bestätigt fühlen. Vielleicht sitzen sie droben auf einer Wolke und blicken zwischen den Strophen ihrer himmlischen Triumphgesänge verächtlich nickend auf mich herab. Wir haben es ja gewusst.

Kinderkrankenschwester hatte sie werden wollen, um sich das Lächeln von den undankbaren Kleinen zu holen. Ich stelle mir vor, wie sie vor die Großmutter hingetreten ist, vielleicht mit zitternden Knien: Ich will eine Lehre im Krankenhaus machen. Wer hat dir denn diesen Floh ins Ohr gesetzt?, hat sie Großmutter vielleicht geschimpft, oder: Was hast du denn wieder für Flausen im Kopf? Der Vater war beschädigt aus dem Krieg heimgekehrt und saß den ganzen Tag auf der Bank am Kachelofen, die tägliche Busfahrt zur Kreisstadt war von der Kriegsbeschädigtenrente nicht bezahlbar und so musste die Mutter in die Fabrik, wie die anderen Mädchen aus dem Dorf.

Das Lächeln hat sie in der Fabrik nicht gefunden. Niemand lächelte, wenn sie die Briefe für den Chef schnell und fehlerlos tippte, aber wenn ein Fehler darin war, brach der Ärger über sie herein. Sie machte Überstunden, um den Fehler gutzumachen und den Chef wieder gnädig zu stimmen, aber das Lächeln musste sie anderswo suchen: bei den Kindern in der Sonntagsschule, die hellauf lachten, wenn sie lustige Geschichten erzählte, bei alten Frauen, die wochenlang niemand besucht hatte und die wie die Sonne strahlten, wenn es sonntagnachmittags klingelte, bei den Behinderten eines nahen Heims, die dankbar lächelten, wenn sie ihnen das Kinn abwischte. Mit meinem Vater, der ebenso lustlos in die Fabrik ging wie sie, bildete sie später ein Helferteam, das Abend für Abend durchs Dorf unterwegs war; Ärzte ohne Grenzen, die auf allen Straßen nach Hilfsbedürftigen suchten, die nur lächeln und nicht Nein sagen konnten.

Und dann kam der Pfarrer ins Dorf und predigte von der

Kanzel *das Wort*, so donnernd, dass es bis auf die Straße zu hören war. Gottes Sohn werde wieder zur Erde kommen, und wer ihn aufnähme und glaube, werde ohne Fehler sein und an seiner Seite sitzen; alle anderen würden im höllischen Feuer schmoren. Die Mutter wollte gern ohne Fehler sein und glaubte sofort; der Vater ein wenig später, weil es anstrengend war, etwas anderes zu glauben als die Mutter. So wurden sie ein Helferteam in Gottes Namen und brachten neben ihren Hilfeleistungen immer *das Wort*.

Wütende Rufe versuchen mich schon seit einiger Zeit aus der Geschichte meiner Eltern herauszureißen, jetzt gehen sie in ein Schreien über. Schwestern kommen gerannt, Insassen öffnen die Zimmertüren, die Mittagsruhe endet im Chaos. Nein nein nein NEIN! Es ist die Bildhauerin im zweiten Zimmer, eine kleine, dünne Person, an der alles eckig ist. Ich beneide sie um ihre Wörter; sie kann sich wenigstens wehren und muss die Prozeduren nicht lautlos lächelnd ertragen.

Gestern wurde sie eingeliefert, nicht schreiend, sondern apathisch, und hat den ganzen Abend zusammengekauert auf einem Sessel im Aufenthaltsraum zugebracht. *Was hat sie denn angestellt?*, habe ich Ulla auf einen Zettel geschrieben.

Ihren Arbeitsvermittler erschlagen, hat Ulla geantwortet, lachend, mit Blick zu der Neuen, als wäre sie taub. Mit einer Bronzestatue. Weil er ihr eine Putzstelle andrehen wollte.

Ich habe nichts mehr geschrieben, obwohl viele Fragen offen waren. Was macht eine Bronzestatue auf dem Arbeitsamt? Was macht eine Bildhauerin auf einer Putzstelle? Hätte man sie bildhauern lassen, hätte sie keinen Arbeitsvermittler erschlagen. Hätte man Hitler malen lassen, hätte er keinen Weltkrieg begonnen. So kann man im Konjunktiv zwei zurückgehen bis zur Erschaffung der Erde.

Aber ich muss zurück zu meiner Vergangenheit. Jetzt habe ich mich ins Bett gekauert, um der Unruhe auf dem Flur zu entgehen. Ilse hat man zum EKG abgeholt und Martha schläft wie eine Tote, den Rosenkranz in den gefalteten Händen. Am Montag kommt der Anwalt, um sich mit mir auf meine Verhandlung vorzubereiten, bis dahin möchte ich fertig sein. Ich mag ihn nicht, den fetten Mann mit dem Schnurrbärtchen und den kleinen Augen hinter der Brille, aber ich muss mich mit ihm arrangieren.

Den Kienzel hast du an Land gezogen, hat Ulla gesagt, meinen Zettel zusammengeknüllt, in die Luft geworfen und ist in brüllendes Lachen ausgebrochen. Ach du Scheiße!

Er ist im Gemeinderat des Nachbardorfs für seine Wutausbrüche bekannt. Jedes Jahr steht er wegen Beleidigung seiner Mitgemeinderäte und seines Bürgermeisters vor Gericht und in allen Zeitungen. Sicher hat er die Pflichtverteidigung nur übernommen, weil ihm seine normalen Klienten davongelaufen sind.

An jenem Vormittag hat das Telefon bei meiner Mutter geklingelt, als ich mich gerade auf den Weg in die Speisekammer machen wollte, um Kartoffeln fürs Mittagessen zu holen. Ich bin wie immer im Gehen erstarrt, auf dem Flur dicht neben der Tür zur Treppe. Die letzten Tage hatten wir keinen Streit gehabt, aber mir graute noch immer vor ihr. Es hätte mich beruhigt, sie über mich lästern zu hören; dann hätte ich den Grund für das Grauen gekannt.

Ja, Gundula? Schön, dass du wieder mal anrufst!, hörte ich sie drunten mit zuckersüßer Stimme ausrufen.

Mein Herz stand kurz still, um dann in großen, schmerzhaften Sprüngen weiterzuhüpfen. Gundula, meine lavendelfarbene Freundin, telefonierte mit meiner Mutter. Ich weiß nicht, wie es ist, wenn ein Geliebter mit einer anderen schläft, aber es fühlt sich zweifellos ähnlich an.

Nein, Maria geht es gut, hörte ich meine Mutter durch das Rauschen in meinen Ohren sagen. Sie hat nur immer sehr viel zu tun. Ihre Stimme wurde ein wenig schärfer. Vielleicht will sie gerade nicht mit dir sprechen. Sie begann zu raspeln. Du weißt ja, dass sie manchmal sehr schwierig sein kann.

Ich musste mich an der Tür festhalten, fast hätte mich ein Knacksen des Bodens verraten, bevor ich meine Füße auf eines der lautlosen Bretter umstellte.

Aber du kannst gern mal bei uns vorbeikommen, sagte sie mit sieben Zuckerwürfeln in ihrer Stimme, heute Nachmittag auf einen Kaffee?

Am liebsten wäre ich hinuntergerannt, hätte ihr den Hörer aus der Hand gerissen und sie an den Schultern gepackt. Du lässt die Finger von Gundula!! Das ist meine Freundin!!! Stattdessen habe ich mich an der Tür abgestützt, auf die Astlöcher in dem unschuldigen Fichtenholz geblickt, das Rauschen in meinen Ohren gehört und dazwischen die Sätze meiner Mutter.

Ja, Gundula? Oje. Das ist schrecklich. Du Arme.

Meine Freundin konnte die Reparatur ihres kleinen blauen Autos nicht zahlen und meine Mutter bot ihr das Geld dafür an. Was hätte ich tun können, um es zu verhindern? Ich konnte meine Freundin nicht anrufen und ihr das Geld selbst anbieten und ihr sagen, dass es nicht stimmte, dass ich nicht mit ihr sprechen wollte. Einen Computer oder ein Handy fasste Gundula nicht an, weil ihr Bruder Informationstechnologie studierte; sie vertraute nur einem uralten grünen Wählscheibentelefon. Einen Brief würde ich schreiben können, aber bis ich ihn geschrieben und zur Post geschafft hätte, wäre es längst zu spät.

Als meine Mutter den Hörer aufgelegt hatte und in ihre Küche zurückgekehrt war, um meinem Vater triumphierend von dem bevorstehenden Besuch zu berichten, habe ich mich von der Tür gelöst und bin mit lautlosen Schritten weitergegangen zur Treppe, aus dem Haus hinaus, in den Wald. Immer in den Wald und nie an den Teich, weil ich dort sichtbar war wie ein buntes Insekt und meine Mutter am Fenster stand, mit dem Fallbeil ihrer Verachtung, das sie über jeder meiner Lebensregungen schwang. Ich ging langsam, also hatte ich wieder einmal nichts zu tun, während sie bis zu ihrer ehrenhaften Verrentung als stets gestresste Chefsekretärin tätig gewesen war. Ich ging alleine, also hatte ich keine Freunde, während sich bei ihr die Verwandten, Bekannten und Pfarrer die Klinke in die Hand gaben. Und so weiter und so fort. Im Wald verachtete mich niemand, wenn ich langsam, allein und gebückt zwischen den Stämmen hindurchging und vor mir sah, wie meine Freundin am Nachmittag drunten bei meiner Mutter am Kaffeetisch sitzen und ihren Kuchen essen und ihre Wohnung mit ihrer fröhlichen Stimme und ihrem hellen Lachen erfüllen würde, während ich reglos droben kauerte, auf die Klänge lauschte und vor Traurigkeit immer starrer wurde.

Am Waldrand hatte ein Fuchs einen Bussard zerrissen, ein Kreis aus gestreiften Federn lag da und die beiden gelben, erschreckend großen Krallenfüße. Sonst wäre ich schnell weitergegangen, aber an jenem Tag bin ich lange stehen geblieben und habe mir vorgestellt, wie der Bussard im Gras saß und hinterrücks vom Fuchs gepackt wurde, sein Erschrecken und sein Sich-Ergeben, als er wusste, dass es das Ende war. Angst und Ekel haben sich in meinem Inneren zu einem umfassenden Grauen verbunden; etwas Schreckliches würde passieren, ich wusste nur noch nicht, was.

Ich weiß nicht, ob mich der Anwalt verstehen wird. Eigentlich müsste er wissen, was Wut ist, wie sie im Kopf aufflammt und bis in die hintersten Winkel lodert, so dass man nicht mehr sehen kann, was um einen herum geschieht. Aber vielleicht will er mich gerade deshalb nicht verstehen, weil er es weiß.

Diese Mutter-Tochter-Geschichte ist zu verworren, hat er beim letzten Mal gesagt. Das kauft Ihnen keiner ab. Aber Sie haben doch ein paar schöne Diagnosen, selektiver Mutismus, soziale Phobie, schizoide Züge und religiöse Neurose.

Bei jeder der hingeworfenen Vokabeln wurde seine Stimme freudiger, er rieb sich schon die Hände vor Begeisterung.

Daraus lässt sich doch etwas basteln. Dann schießen wir uns auf Unzurechnungsfähigkeit ein.

Ich hätte am liebsten zurückgeschossen, aber ich habe nur Ja gesagt und einen augenverdrehenden Smilie auf einen roten Zettel gezeichnet, ihn aber schnell in der Hand zerknüllt und in die Tasche meiner Jogginghose gesteckt.

Ich will trotzdem das Geschehene bis zum Ende niederschreiben. Vielleicht wird er verstehen, wenn er es auf Papier vor sich hat und sich zu Hause mit den Blättern in der Hand auf seinem Polstersessel ausbreiten kann, das Hemd geöffnet, den nackten Bauch in die Luft gestreckt und nicht mehr genötigt, sich jemandem zu beweisen. Und wenn nicht er, so wird es vielleicht jemand anderes verstehen. Wenn es wenigstens drei verstehen, werde ich nicht untergehen.

Auf dem Rückweg bin ich schneller gegangen, an jenem vorletzten Tag in dem Haus, und schließlich gerannt. Es war ungewohnt, mittags zurückzukehren, meine Wohnung unberührt, kein Knarzen und Knacken im Haus, meine Eltern hatten sich zum Mittagsschlaf aufs Sofa gelegt, um sich für die nächste Katastrophe zu wappnen. Ich bin lautlos die Treppe hinaufgeeilt, um die Tasche vom Haken zu nehmen und noch eine Katzenfutterdose zu öffnen. Der gelbe Kater saß auf der Plattform des Kratzbaums, mit finsteren Augen und in geduckter Haltung, als könnte der Graue jeden Moment die Treppe heraufgestürmt kommen und ihn mit einem Pfotenhieb von seinem Stammplatz vertreiben. Ich habe die Fleischbrocken in die Schüssel gefüllt und er stieg langsam herunter, erwiderte aber mein Streicheln nicht mit einem Schnurren, sondern duckte sich und machte sich still über das Futter her. Vom Grauen war nichts zu sehen, aber ich hatte jetzt keine Zeit, ihn zu suchen, ich musste weg, schnellstmöglich raus aus dem Haus, runter vom Grundstück, weg aus dem Ort, bevor das blaue Auto meiner Freundin gefahren kam, weg, bevor sie ausstieg und mit wehenden Kleidern den Weg entlanglief, bevor sie an meiner Haustür vorbeiging und um die Ecke zur Tür meiner Eltern, in die geöffneten Arme meiner Mutter und ihr ins Netz.

Wie immer, wenn ich ganz weit wegwollte, bin ich zum Bahnhof gegangen und in den nächsten Zug gestiegen, ohne Schreibtischlampe und Gummibaum, sondern mit einer Rückfahrkarte. Ich habe mich in eine Ecke gesetzt, die Tasche umklammert und im Fahrplanheft die Namen der Städte gelesen, die jetzt erreichbar gewesen wären, Berlin, Dortmund, Hamburg, und mich gleich viel stärker gefühlt. Ich wollte sie halblaut aufsagen, aber wie erwartet blieb alles still bis auf das Fahrgeräusch des Zuges und das leise Hämmern aus den Kopfhörern des jungen Mannes vor mir.

In der nächsten Stadt, nicht Hamburg und nicht Berlin, bin ich ausgestiegen und habe mich auf den Weg zum Zentrum gemacht, am modrig riechenden Stadtteich vorbei; am anderen Ufer ruhten die Schwäne. Ob sie in diesem Jahr wieder Junge bekommen würden? Ich hatte sie letzten Sommer mit Brot gefüttert und das Schwanenpaar bewundert, das kein Stückchen selbst fraß, sondern nur um die flauschigen Küken kreiste und darauf achtete, dass die Enten ihnen nichts wegschnappen konnten. Es machte mich gleichzeitig traurig und froh. Der Himmel war immer noch blau, ein milder Wind wehte um die Häuser, täuschend warm für einen Februarmittwoch wie die Freundlichkeit meiner Mutter. Ich habe versucht nicht daran zu denken, wie sie gerade in ihrem Wohnzimmer meine Freundin umgarnte mit teilnahmsvollen Fragen und mitfühlender Miene und diese sich umgarnen ließ.

In zwei oder drei Kleidungsläden bin ich eingetreten und an den Ständern entlanggestreift, habe die Kleidungsstücke betastet und die Stoffe zwischen meinen Fingern gespürt, kalte und warme Stoffe, leichte und schwere, Stoffe in allen Farben. Ich mag alle Farben: leuchtendes Blau, mit dem man sich einen strahlenden Sommertag auf den Körper zaubern kann, auch wenn der Himmel grau hereinhängt, grelles Grün, das den Frühling herbeiholt, auch wenn die Landschaft unter tagelangem Hochnebel erstarrt ist, oder tiefes Rot, dessen Anblick einen vom Bauch her wärmt wie ein helles Kaminfeuer. Ein paar Kleidungsstücke habe ich von den Ständern genommen, in die Kabine getragen und übergestreift, ein kurzes Kleid mit breiten Streifen in den Farben des Regenbogens, eine Bluse, über die sich in alle Richtungen grüne, türkisfarbene und rosa Pflanzen rankten, und einen grellgrünen schwingenden Rock. Ich bin in der Kabine geblieben und habe mich im Spiegel besehen, ohne auf mein Gesicht zu blicken. Ich wollte es nicht sehen, mein ratloses, verlorenes, graues Gesicht über all diesen souveränen Kleidungsstücken. Ich wollte die fremde Frau sein, die diese Kleider tragen würde. Sie würde in einer beliebigen Stadt wohnen, im vierten Stock in einem Apartment mit weißen Möbeln und einer Glasvase auf dem niedrigen Couchtisch. Sie würde kurzes Haar tragen, nicht aschblondgraufasrig, sondern in einem schönen Kastanienbraun gefärbt, das in einer schwungvollen Welle um ihr Gesicht wehen würde. Sie würde sich morgens vor dem Spiegel einen tiefen Blick schminken und die Fingernägel in einem edlen Rot lackieren, bevor sie ihr Apartment verließe, um mit den Stöckelschuhen die Treppe hinunterzuklappern, auf dem Weg in ein beliebiges Büro. Vor dem Haus würde sie den Geruch von Frühling und Benzin einatmen und mit schwungvollen Schritten die Straße hinaufgehen und nichts wissen von einem Teich, dessen hellblaue Fläche sich im Frühlingswind kräuselte, und von einem Haus, in dem eine Mutter wohnte und gerade eine dicke lavendelfarbene Freundin auffraß.

Ich habe mir einen braunen Rundschal gekauft, an jenem Mittwochnachmittag, im Ausverkauf für fünf Euro. Ich habe Braun nie gemocht, es hat mir nur als Tarnfarbe gedient, ebenso wie Grau, Schwarz und Dunkelblau. Der dunkle Vogel wird nicht so schnell vom Raubtier gesehen wie der bunte. Hätte ich mich für ein Kleid mit grellfarbigen Streifen oder Ranken entschieden, hätte ich schon beim Warten an der Kasse die Kommentare meiner Mutter im Ohr gehabt, einen Ohrwurm, der einen angeflogen hat und den man nicht loswird. Zu mir hätte sie gesagt: Ach, du trägst endlich mal etwas Fröhliches. Das ist aber schön. Zu meinem Vater hätte sie gesagt: Ich glaube, droben (verzweifelter Augenaufschlag zur Decke, wo die Tochter Babylon wohnte) ist der Karneval ausgebrochen. Und zu ihren Bekannten hätte sie ins Telefon geraunt: Jeden Tag kauft sie sich einen verrückteren Fetzen, aber für eine Mutter kein freundliches Wort. Niemand brauchte mir das Märchen von Schneewittchen zu erklären, von dem blassen Kind und der Stiefmutter, die es zu ersticken versucht, weil sie Angst hat, übertroffen zu werden. Dass die eigene Mutter dazu fähig sein könnte, traute sich das Märchen nicht zuzugeben.

Ich weiß nicht, wie es ist, eine Tochter zu haben, aber ich stelle es mir schön vor. Ich hätte mich gefreut, wenn sie besser ausgesehen hätte als ich oder erfolgreicher oder beliebter gewesen wäre, oder einfach ganz anders; wenn sie Hosen mit großen Löchern getragen oder gekrächzten Rap gehört hätte und jedes Wochenende mit ihren Kameraden durch die Straßen gezogen wäre. Ich hätte meine Mutter aus der Wohnung geworfen, wenn sich auch nur mit einem

Hauch von Betrübnis auf die löchrige Hose geblickt oder meine Tochter mit bekümmerter Stimme gefragt hätte, warum sie erst um zwei Uhr nach Hause gekommen sei. Jeden Tag hätte ich zu meiner Tochter gesagt: Du bist so normal wie jedes andere Kind, normaler als jeder andere in diesem Haus.

Ich hätte meiner Tochter beigebracht, Nein zu sagen, und wenn es ihr schwergefallen wäre, hätte ich ihr ermutigende Zettel in alle Taschen gesteckt, Glückskeksbotschaften auf rosa oder grünem Papier: Ich darf Nein sagen. Neinsagen ist eine wichtige Fähigkeit. Ich bin gut, wenn ich Nein sage. Auch das Kind des Stummen kann sprechen lernen. Und wenn sie zu mir Nein gesagt hätte, mich aus ihrem Zimmer geworfen oder ihren Geburtstag mit ihren Kameraden ohne mich gefeiert, hätte es mich geschmerzt und ich hätte gelernt, mit dem Schmerz zu leben, und gehofft, dass sie nie in ihrem Leben an unseren Strafarbeiten weiterschreiben müsste, nicht sie, meine Tochter, sie nicht.

Ich werde den Schal zerschneiden, wenn ich in meinem Haus bin, und dem gelben Kater die Bahnen als Schlafplatz anbieten. Die Wolle ist warm und ich glaube, er wird sie mögen. Katzen sehen angeblich schwarzweiß.

Heute Morgen hatte ich Glück bei der Therapie, jetzt habe ich gleich noch einmal Glück. Schwester Kerstin hat sich nach der Übergabe im Glaskasten eingerichtet. Sie ist doch nicht in Urlaub gefahren, sondern zur Spätschicht gewechselt. Mich wundert, dass sie ihr die Rastalocken erlauben, die anderen Schwestern haben alle einen Kurzhaarschnitt wie beim Militär oder einen straff gebundenen Zopf.

Na, was ist, Leute, eine qualmen?, wird sie gleich durch den Flur rufen und von überallher werden schlurfende Schritte hörbar werden. Die beiden Russinnen sind immer die Ersten an der Balkontür. Sonst verstehen sie nicht, was gesagt wird, aber für Rauchen kennen sie alle Synonyme und springen schon von den Stühlen, bevor sie ausgesprochen sind.

Na, was ist, Frau H., bisschen Sport? Keine sonderliche Lust auf Radeln heute?

Schwester Kerstin hat meine Mappe mit dem Stundenplan vor mich hingelegt, in dem bei *Mittwoch, 15 Uhr* das Wort *Fitness* abgedruckt ist.

Nein, überhaupt keine Lust, Schwester Kerstin. Ich fahre sehr gern mit dem Fahrrad durch einen Wald, der mich verbirgt und meine Gedanken fliegen lässt. Aber mit Blick auf die gelb getünchte Wand und einen blassen Druck von Monets Gartenteichbrücke auf einem Gerät zu strampeln und zu strampeln und nicht vorwärtszukommen ist etwas anderes. Es kräftigt mich nicht, sondern laugt mich aus.

Ja, habe ich nur halblaut gebrummt, etwas anderes bleibt mir ohnehin nicht.

Sie sehen aus, als ob Sie lieber hier sitzen bleiben würden und an Ihrem Liebesbrief weiterschreiben. Ist ja schon lang geworden.

Schwester Kerstin hat in ihre Kitteltasche gegriffen, in der sie die beiden Stempel aufbewahrt, den grünen mit dem Lächelgesicht für die absolvierte Therapiestunde und den roten mit dem bösen Gesicht für die versäumte. Sie hat beide herausgeholt und ich habe den Kopf eingezogen. Bitte lassen Sie mich, ich komme ja schon. Schwester Kerstin hat ihre Rastalocken geschwenkt und den Stempel auf meine Mappe niedergeknallt. Ich habe die Augen geschlossen wie unter der Guillotine, aber dann habe ich ein Schnaufen gehört, das in die Richtung eines Kicherns ging, und sie wieder aufgemacht. Unter *Mittwoch, 15 Uhr* prangte das lächelnde grüne Gesicht.

Danke, habe ich erstaunt, glücklich, ehrlich gesagt, zum ersten Mal, seit ich hier bin.

Nichts dabei, hat Schwester Kerstin gemeint. Nur weil heute der Vierte Vierte ist, Glückstag.

Jetzt fällt es mir schwer, wieder in meine Vergangenheit zurückzugehen, ich möchte einfach nur dasitzen, bis abends die Essenswägen hereingefahren werden, so lange auf die blauen Wände blicken und auf die verschwommenen Seerosen von Monet und mich einfach nur freuen. Aber ich muss zurück, nächste Woche kommt der Anwalt und bis dahin will ich alles niedergeschrieben haben, damit er es an den Richter weitergeben kann.

Gegen sechs bin ich wieder in den Zug gestiegen und zurückgefahren, während sich langsam die Dunkelheit über die karge Landschaft legte und im Abteil die Lichter angingen. Vom Bahnhof nach Hause wurde ich immer langsamer, die Plastiktüte mit dem Schal schnitt mir in die Hand, ich hielt sie ein Stück von mir weg, damit sie bei meinen Schritten nicht raschelte und niemand mich hörte. Mich wird wohl bis an mein Lebensende jedes Geräusch, das ich mache, in Schrecken versetzen.

Der Garten lag dunkel und leer, als wäre am Nachmittag niemand lachend den Plattenweg entlanggegangen, als würde hier überhaupt niemand lachend entlanggehen können. Eine Hoffnung schoss in mir auf, vielleicht war meine Freundin gar nicht da gewesen? Aber die Einfahrt durchzogen frische Reifenspuren und ich glaubte einen Hauch von Lavendel in der Luft wahrzunehmen. Dieser Kelch ging an mir nicht vorüber.

Gundula, meine liebste Freundin. Sie wird mir kaum verzeihen, was ich getan habe. Mit tausend Dankesworten und strahlendem Gesicht hatte sie die vierhundert Euro von meiner Mutter entgegengenommen und von meinem Vater eine beheizbare Sitzauflage für das Auto dazu erhalten.

Meine Eltern sind für sie gute Menschen und ich bin eine Verbrecherin. Es wird keinen Sinn haben, den Brief in meinem Nachtschrank abzuschicken, sie wird ihn nicht einmal bis zum Ende lesen, sondern empört in den Ofen werfen, wie es meine Mutter mit meinen Briefen getan hat.

In meiner Wohnung roch es nach Plastik. Der gelbe Kater hatte sich auf der Plattform des Kratzbaums zusammengerollt, mit misstrauischem Blick und sichtbar schlechtem Gewissen. Der Schreck fuhr mir durch den Körper, wann hatte ich den Grauen zuletzt gesehen? War es am Mittag gewesen oder am Morgen? An der Straße gelegen hatte er nicht, aber vielleicht hatte ein Fuchs ihn gefressen oder er war im Teich ertrunken. Nach ihm rufen konnte ich nicht, also bin ich noch einmal in die Schuhe geschlüpft und hinausgeeilt, in der Hand eine Schere; nicht um jemanden zu erstechen, sondern als Vorwand, Küchenkräuter zu holen, falls mich jemand sah.

Auf der anderen Seite des Hauses lag der Garten dunkel und leer, nur die Wohnzimmerfenster und die Terrassentür meiner Eltern warfen helle Vierecke auf den Rasen. Die beiden hatten sich wohl auf Sofa und Sessel ausgestreckt, lasen in einem Buch und lobten Gott, dass sie nicht waren wie all die anderen, die jetzt vor ihren Fernsehgeräten saßen und diesen Stumpfsinn glotzten. Und tatsächlich, hinter der hellen Terrassentür saß er, mein Grauer, blickte ins Dunkel und wartete darauf, dass die Nachttiere aus den Johannisbeersträuchern krochen und vor ihm auf und ab rannten. Auch jetzt sah er nicht zu mir, als ich über den Rasen ging. Ich kehrte mit der Schere in der leeren Hand ins Haus zurück und hatte fortan nur noch eine Katze.

Vorbei die Tage, an denen ich ums Haus herum, im Wald und am Teich nach dem Grauen gerufen hatte, suchend, bittend, flehend, verzweifelt, ungewiss, ob er überfahren oder gefressen oder ertrunken war. Vorbei die Abende, an denen meine Mutter plötzlich in meiner Wohnung stand, meinen untreuen Geliebten auf dem Arm und in ihren Augen einen liebevoll lauernden Blick: Hier bringe ich es dir, dein Kätzchen, und ich den Abtrünnigen erleichtert aus ihrem Arm nahm und in mein Wohnzimmer trug. Den restlichen Abend sah ich ihm zu, wie er sich auf dem Sofa streckte; ein Teil von mir sagte: Siehst du, was hast du denn immer, du hast doch eine wunderbare Mutter, und der andere antwortete: Ich weiß auch nicht. Vielleicht bin ich wirklich verrückt.

Aber nur für den einen Abend. Am nächsten Tag fehlte der Kater wieder, ich ging rufend durch den Garten, das Fenster meiner Eltern war gekippt und ich hörte meine Mutter raspeln.

Jetzt brüllt sie schon wieder nach dem Katzenvieh!

Eine Nacht, ein vielleicht fehlendes Lächeln, fehlendes Wort oder zu leises Danke hatten ausgereicht, dass ein Kätzchen zu einem Katzenvieh mutierte. Aber auch ein Katzenvieh blieb es nicht lange: Nicht wahr, Miez, hörte ich meine Mutter gleich darauf mit gütiger Stimme sagen und ich sah den Kater vor mir, der sich auf ihrem Sofa räkelte. Nicht wahr, Miez, du fühlst dich bei uns doch viel wohler. Hier ist wenigstens keine Nervensäge.

Hätte ich hineinstürmen und mich vor sie hinstellen sollen, an allen Gliedmaßen zitternd vor Angst und Wut? Ich will nicht, dass du meinen Kater hereinlässt? Hätte ich ihren wütenden Blick auffangen, den Kater vom Sofa reißen und mit ihm hinausstürmen sollen? Hätte ich noch einen Augenblick hinter der Tür verharren sollen, bis sie ungläubig erschüttert zu meinem Vater die beiden Wörter sagte: Der Hass!

Aber, hätte ich zu ihr sagen können, wenn sie offen mit mir gesprochen hätte und nicht nur hinten herum, ich will nur meinen Geliebten für mich alleine haben, und noch ein paar andere Dinge.

Siehst du, hätte sie gesagt, wenn sie nicht nur die Augen verdreht hätte, weil ich nie etwas einsah. Du willst mich nicht haben.

Meine Mutter hätte eine Mutter gebraucht, die sie haben wollte. Aber es war nicht meine Pflicht, ihr diese Mutter zu sein. Meine Aufgabe wäre es gewesen, ein eigenständiger Mensch zu werden, und ihre Aufgabe, mich loszulassen. Wir hatten unsere Aufgaben beide nicht gemacht und saßen jetzt an den Strafarbeiten.

Den Hofgang brauche ich heute. Etwas frische Luft atmen, einen Blick auf die Stacheldrahtrollen werfen und mir gewiss werden, dass ich frei bin. Aber Schwester Martina brauche ich nicht, die mir scheinheilig-freundlich-gutmeinend mit der Mappe unter der Nase herumwedelt.

Wir wollen zum Hofgang, Frau H. Kommen Sie?

Ich hätte Ja sagen können, aber ich habe nur die Lippen zusammengepresst und auf meinen Schreibblock geblickt. Ich kann mir vorstellen, was Schwester Martina nachher in meine Akte notieren wird: Die Patientin/Gefangene zeigt sich unkooperativ und verweigert den Blickkontakt. Aber ich versichere Ihnen, Schwester Martina, Ihnen würde es an meiner Stelle ebenso gehen, jedem würde es ebenso gehen. Wenn man nicht mehr Nein sagen kann, will man auch nicht mehr Ja sagen.

Mitgegangen bin ich trotzdem. Draußen nieselt es noch immer, wir haben die ganze Zeit unter dem Betondach gestanden und zugesehen, wie die Tropfen auf dem Asphalt zerplatzten, und nun sind meine Füße und Hände so kalt wie früher. Der Frühling will dieses Jahr nicht kommen, vielleicht kommt er nie mehr und meine Mutter hat ihn dahin mitgenommen, wo sie jetzt ist. Ich höre noch ihre triumphierenden Sätze, wenn sie von drei sonnigen Urlaubswochen an der

Ostsee zurückkam, während es zu Hause drei Wochen geregnet hatte: Wie die Leute, so das Wetter. Wenn Engel reisen …

Ich bin kein Engel und erhebe keinen Anspruch auf Sonnenschein. Einige Lücken im Regen und ein halbwegs lauer Wind werden mir ausreichen, wenn ich wieder in meinem Haus bin und die Fenster öffne, *What about sunrise, what about rain*, und selbst der *Earth Song* wird ein Lied sein ohne Verzweiflung, voller Hoffnung, dass etwas wieder heil werden kann. Vielleicht werde ich hinter dem Fenster der Nachbarin den Getigerten sitzen sehen, der mittlerweile ihr Haus als sein Heim erwählt hat. Ich hoffe, ihr Sofa ist weich und sie gibt ihm keine Röhrenknochen.

Später am Abend meines vorletzten Tages waren wieder die schweren Schritte auf der Treppe zu hören. Statt mich nach einem Mauseloch umzusehen, bin ich vom Stuhl aufgestanden, um meiner Mutter entgegenzugehen, damit sie gar nicht erst in mein Zimmer kam und sich niederließ und mir den ganzen Ablauf des Tages in aller Länge erzählte, den Ablauf des Besuchs meiner Freundin.

Meine Mutter stand schon im Flur, in den Händen einen hellblauen Blumentopf, darin die feinsten, zartesten lila Glockenblumen. Ich war verwundert; für ihre Sträuße pflückte sie gewöhnlich Astern, Dahlien oder Pfingstrosen, pralle Blüten, die sich gegenseitig zur Seite drängten.

Gundula war am Nachmittag da, hat meine Mutter gesagt und mir gütig-forschend in die Augen gesehen.

Sie hat einen Blumenstock für dich dagelassen. Oder nein, eigentlich für mich, aber ich habe gedacht, ich bringe ihn dir, damit du auch etwas hast.

Freundliche Sätze, wenn nicht dieser leise Triumph in der Stimme gelegen hätte, ein hämischer Unterton, den ich nie hätte beweisen können, ein Subtext, den sie immer abgestritten hätte, den mir nie jemand glaubte. Sie ist ein besserer Mensch als ich, weil zu ihr jemand kommt und zu mir nicht.

Ja, habe ich nur gesagt und mein Gesicht in den Glockenblumen verborgen. *Ja, danke.*

In der anderen Hand trug meine Mutter eine überdimensionale Plastiktüte, die sie mir jetzt unter die Augen hielt.

Ich habe dir nur eine schöne Decke gekauft, sagte sie freundlich-fordernd. Die in deinem Wohnzimmer ist ja schon bald ein Fetzen.

Um mich zur Seite zu drängen, brauchte sie nicht die Arme und Ellbogen, sondern musste nur ihren Körper in ganzer Breite durch den Flur bewegen. Ich stand steif daneben, während sie die Tür zum Wohnzimmer aufriss, meine dünne braune Wolldecke mit dem zerfaserten Rand vom Sofa zog und an ihrer Stelle ein himbeerrotes Ungetüm ausbreitete, das sich in dem altertümlichen Wohnzimmer ausnahm wie im falschen Jahrhundert. Es roch nach Chemie.

So!, sagte sie befriedigt und sah sich in meinem Wohnzimmer um, als wäre es ihres.

Hier sollten unbedingt helle Farben herein. Noch ein bunter Teppich, ein paar schöne Vorhänge, oder was meinst du?

Ja. Gut.

Ich hielt mein Gesicht in den Glockenblumen vergraben.

Was sollte ich tun? In meinem Kopf überschlugen sich Fragen, deren Antworten wieder neue Fragen waren. Wieder allein, bin ich ruhelos durch die Wohnung gelaufen, unfähig zu jeder sinnvollen Regung, nicht einmal ein Buch im Regal konnte ich geraderücken, keine Staubfluse auflesen, nichts. Der Plastikgeruch aus der Küche war schwächer geworden, vielleicht gewöhnte ich mich daran, vielleicht war ich inzwischen ein Teil von ihm, wurde irgendwann selber zu Plastik, weich und formbar in der Hand meiner Mutter.

Unterdessen war das Haus zur Ruhe gekommen. Ich habe es immer lange vorher gehört, wenn sie aufbrachen, laute Worte im Untergeschoss, Hin- und Herlaufen vom Wohnzimmer durch die Küche in den Flur und zurück, mit schweren, kraftvollen Schritten, die Herausforderung gab Kraft. Dann energisches Türenklappen, die Küchentür, die Flurtür, die Haustür und schließlich das Drehen des Schlüssels. Ich habe am Fenster gestanden, um zu sehen, ob sie auch beide in das rote Auto einstiegen und ob es wirklich davonfuhr, um mich nicht umsonst oder zu früh zu freuen.

Sie waren zur Kirche gefahren, um am Kreis der Helfenden teilzunehmen und sich von Gott bestätigen zu lassen, dass sie gute Menschen waren. Gott ließ sich besser benutzen als jeder andere, weil sie ihn in ihrem Innern erzeugten; er sagte immer das, was sie hören wollten.

Immer noch lautlos bin ich zur Treppe geeilt und hinunter; jetzt könnte ich ohne ein böses Wort den Kater zu mir zurückholen. Es war seltsam, durch die Wohnung meiner Eltern zu gehen. Wie ein Spaziergang auf den Gleisen bei offener Schranke; man weiß, dass kein Zug kommen kann, aber man glaubt es nicht, die Gleise strahlen Gefahr aus. Meine Mutter hatte wohl geahnt, dass ich kommen würde, oder sie hatte den Kater sogar gefangen, damit ich hereinkam, und eine bunte Karte mit Herzen auf dem Wohnzimmertisch drapiert, damit ich nicht ohne schlechtes Gewissen wieder ging: *Always love your mother, you never get another.* Der Getigerte hatte sich auf dem Sofa ausgestreckt und roch fremd. Er zappelte in meinen Armen und wollte sich nicht tragen lassen, sondern strebte zur Terrassentür. Ich habe ihm aufgemacht und er ist im Dunkeln verschwunden.

Eine Stunde allein im Haus. Zu viel Unruhe in mir, um

auf den dunklen, kalten Dachboden zu klettern und das Akkordeon herauszuholen. Beim Herumstöbern in meinen Regalen bin ich dann auf eine Musik gestoßen, die ich seit Jahrzehnten nicht mehr gehört hatte.

some of them want to use you
some of them want to get used by you
some of them want to abuse you
some of them want to be abused

Der blecherne, monotone Sound hatte etwas verzweifelt Beruhigendes, wie wenn man mit der Faust an die Wand trommelt und dabei langsam müde wird, und ich habe mich wieder auf meinen Schreibtischstuhl gehockt und gefreut, dass mich für den Krach in der nächsten Stunde niemand verurteilen konnte, und das Lied ein paar Male laut gehört. Die Blumen standen mitten auf meinem Schreibtisch mit ihren lautlosen lila Blütenkelchen. Ich hätte sie an die Wand werfen können, aber die zarten Blüten konnten nichts dafür, dass sie benutzt, missbraucht worden waren. Ich habe sie auf die Fensterbank gestellt und zurechtgerückt. Der schwache Duft ist über den Schreibtisch zu mir herübergeweht und hat sich mit dem Plastikgeruch aus der Küche vermischt.

Die Musik hatte recht. Nicht der Teich war schuld an dem Ganzen und nicht der Wald, nicht einmal meine Eltern, sondern ich selbst. Ich hatte ihnen in die Hände gespielt mit meiner Nachgiebigkeit, meiner Lautlosigkeit, meiner Erpressbarkeit. Ich hätte widersprechen, Widerworte geben sollen, um mich zu wehren. Vielleicht hat die Sprache sich mir aus Rache entzogen, weil ich mich nicht besser gewehrt habe als eine Glockenblume im Wind. Ich schwöre, wenn ich die Sprache wiederfinde, werde ich sie besser nutzen.

Nein, zur Entspannungsübung gehe ich heute wirklich nicht mit, Schwester Consuela. Auch wenn Sie mich noch so nett bitten in Ihrem spanischen Singsang. Ich will mir jetzt keine Farben vorstellen und keine Atemzüge zählen, ich muss hier noch durch, dann werde ich schon von selber ruhig. Wirklich nicht, Schwester Consuela.

Njein.

Räuspern.

Nein.

Ich schaue nicht auf, sondern schreibe weiter. Der ungewohnte Laut aus meinem Mund hat mir einen Schreck versetzt, davon zittern mir jetzt die Finger und die Buchstaben geraten spitz und zackig wie Eisblumen an einem Januarfenster, die Sätze ergeben keinen Sinn. Gleich wird die Prozession hereinkommen, der Stationsarzt gefolgt vom Oberarzt, dahinter das ganze Pflegepersonal, Pflegetribunal, und wird anklagend vor mir stehen bleiben.

Frau H.

Sie sind für die Station nicht tragbar.

Wir bringen Sie jetzt in die Sicherheitszelle.

Dann gehe ich eben in die Sicherheitszelle oder, wenn es sein muss, auch in die Todeszelle. Aber jetzt will ich hier sitzen bleiben und mich weiter durch jenen Tag schreiben, der schon beinahe zu Ende ist, verdammt noch mal!

Ich gehe nicht mit, Schwester Consuela. *Nein.* –

Hat sie wirklich „In Ordnung“ gesagt? Ich lausche dem Satz nach, es ist kein Groll darin, keine Wut. Nun geht sie mit der Mappe unter dem Arm davon Richtung Glaskasten. Ich beobachte sie genau, sie läuft wie immer, etwas schaukelnd mit ihrem breiten Hintern, nicht aufgebracht und nicht wütend.

Ich wundere mich. Ein Nein soll in Ordnung sein? Ich dachte, die Ordnung würde vorsehen, dass ich Ja sage und gehorche? Kommt wirklich kein Tribunal? Die anderen verschwinden nacheinander im Speisesaal, ein Schwall Vanillekerzenduft weht heraus, die Tür wird zugemacht, Stille. Und ich sitze immer noch hier.

Jetzt habe ich keine Lust mehr, in die Vergangenheit zurückzukehren. Ich bin so ruhig und so zufrieden, wie ich es lange nicht war oder vielleicht noch nie. Vielleicht gibt es ein zweites Leben für mich, in dem ich angstlos widersprechen kann.

Ich werde das Sprechen neu lernen. Unter neuen Vorzeichen, mit einem neuen Mond über der Wiege des Kindes. Konrad wird mir der Mond sein und das Akkordeon wird mir atmen helfen. Sascha liebt nicht große Worte, aber die kleinen, die wird er lernen, eins nach dem anderen.

Schluss für heute.

4. Tag

Am nächsten Tag, meinem letzten in dem Haus, bin ich morgens nicht in meinem Bett aufgewacht. Ich hatte mir die Nacht voller Angstgespenster erspart und beschlossen nicht schlafen zu gehen. Erst blätterte ich am Schreibtisch in Büchern, die ich früher gemocht hatte, die mich getröstet und weggeführt hatten aus meiner Welt in eine andere, bessere, aber die Buchstaben fügten sich nicht zu Wörtern zusammen, sondern blieben schwarze Zeichen auf dem Papier. Immer wieder ging ich ans Bücherregal und zog ein anderes Buch heraus. Es jagte mir rasende Angst ein, nicht mehr lesen zu können, vielleicht hatte ich nicht nur das Sprechvermögen eingebüßt, sondern verlor jetzt auch das Sprachverständnis und würde stumm, taub und dumm zurückbleiben?

Ich habe den Bücherberg auf dem Schreibtisch liegen lassen und bin in die Küche gegangen, um mir einen Kaffee zu kochen. Kaffee stärkt und tröstet mich immer, zu jeder Tages- und Nachtzeit, aber nicht an jenem Abend. An jenem Abend roch er nach Plastik und hinterließ einen seltsamen, giftigen Nachgeschmack. Ich wechselte ins Wohnzimmer hinüber, wo mich die himbeerrote Decke erschreckte. Vorsichtig habe ich mich neben sie gesetzt, da wir jetzt offenbar Hausgenossen sein sollten, habe mich dann hingelegt und mit ihr zugedeckt. Sie war dicht gewebt, kratzig und schwer und drückte mich nieder, mir wurde wärmer und wärmer. Als ich keine Luft mehr bekam, warf ich sie ab und sprang wieder auf. Das bildest du dir nur ein, sagte ich zu mir selber und unternahm einen zweiten Versuch, unter der Decke liegen zu bleiben, aber gleich war ich ebenso atemlos wie zuvor. Schließlich habe ich das himbeerrote Ungetüm zusammengerollt und in den Abstellraum hinübergetragen. Ich musste nur daran denken, es morgen wieder zu holen, um keine Fragen hervorzurufen.

Unter meiner alten braunen Decke zusammengekauert habe ich mich durchs Fernsehprogramm gezappt, auf Lautstärke zwei, damit meine Eltern nicht zu einem höhnischen Kommentar veranlasst wurden, weil ich mich nun auch der allgemeinen Volksverdummung anschloss. An einem Abend, wo man die Wörter und die Welt nicht mehr versteht, ist Fernsehen tröstlich, weil es einem nichts abverlangt. Ich lag einfach da und sah dem Treiben auf dem flimmernden Viereck zu. Eine Frau wollte ihre Nase verändern lassen, weil sie glaubte, mit anderer Nase glücklich zu werden. Eine andere wollte den Mörder ihres Geliebten finden und ermordete auf dem Weg zwei andere Menschen. Die Sendungen wechselten und ich wurde müde, Männer sprengten Autos in die Luft, ganze Stadtteile, aber es machte mir keine Angst; es waren Fremde, die mich nicht kannten und mir nichts taten, mir im Gegenteil halfen, die Angstgespenster an den Rand des Zimmers zu drängen.

Meine Mutter, wie sie hereinkam, wie sie mir Decken, Kleidung und Essen brachte, wie sie immer mehr für mich tat, während ich immer weniger wurde, bis sie alles war und ich nichts, nichts als ein Säugling, den man füttern und säubern musste.

Irgendwann muss ich eingenickt sein. Ein Traum, dass ich in schleimig grünlichem Sumpf versinke, ich versuche mich an einem Grasbüschel hochzuziehen, aber das Ufer gibt nach und man kann sich nicht darauf stützen, festen Boden gibt es nicht.

Jetzt schau doch nicht immer so verschreckt. Du verdirbst uns den ganzen schönen Sonntagmorgen.

Hanna-Nicole ist neben mir stehen geblieben und hat mir den Stift aus der Hand genommen. Seit gestern Abend ist sie aus der Isolierzelle zurück. Ich weiß nicht, was sie ihr gegeben haben, aber ihre Sprache klingt nicht mehr so blechern und ihr Gang ist weicher geworden. Sie hat mir gefehlt.

Ja, gut, habe ich zu ihr gesagt und sie hat mir den Stift wieder hingehalten, den schönen krokuslila Kugelschreiber, von dem ich hoffe, dass er das Ende jenes Donnerstags, dieser Geschichte erleben wird. Jetzt schreibe ich weiter und sie geht wieder den Flur auf und ab mit ihren gleichmäßigen, beruhigenden Schritten. Ich würde sie gern mit nach Hause nehmen.

Ich bin ein Wunschkind gewesen, das denkbar erwünschteste Kind. Zweieinhalb Jahre hatten meine Eltern auf meine Entstehung gewartet, neun Monate hatten sie sich ausgemalt, wie ich werden würde. Ein Junge wäre Martin geworden, der Heilige auf dem Ross, der den Mantel teilt und den Bettler aus seinem Elend zieht. Ein Mädchen würde Maria sein, die Sanfte, Gütige mit den langen Locken und dem unauslöschlichen Lächeln auf dem Gesicht, die zu allem *Ja* und *Amen* sagt. Ich stelle mir vor, wie meine Mutter im Wohnzimmer auf dem Sofa gesessen hat, beide Hände segnend oder beschwörend auf ihren Bauch gelegt, den Blick auf das Bild an der Wand gerichtet, Grünewalds Madonna im Gärtchen. Vielleicht habe ich schon damals nicht genug Luft bekommen.

Schwester Kerstin ist im Glaskasten aufgetaucht und kramt die Mappen heraus. Meine liebe Schwester Kerstin mit der fleckigen Haut und den Rastalocken, über die sich meine

Mutter nicht bei der Stationsleitung beschweren, aber bei allen Bekannten beklagen würde, weil sie Läusenester sind. Schwester Kerstin mit ihrem düsteren Gesicht, auf dem sich niemals ein Lächeln zeigt; aber ihre grauen Augen sind hell. Ich glaube, sie ist nicht fähig zu lügen.

Heute werde ich es wagen, nach dem Frühstück die Tablette abzulehnen. Ich werde die Arme verschränken, wenn sie mir den Kelch der Vernebelung reichen, und werde Nein sagen, so laut ich es schaffe. Diesen letzten Tag will ich ohne Nebel durchstehen. Diesen Angstgespenstern muss ich mit klarem Blick entgegentreten, sonst lösen sie sich nicht auf.

Du warst ein freches Kind, erzählte meine Mutter gerne und oft. Stillsitzen konntest du nicht, du bist nur gerannt. Ich sehe das Kind, das ich war, durchs Haus fegen, auf Strümpfen die Treppe hinunter und scharf um die Kurve, wieder hinauf und hinein ins Wohnzimmer der Großmutter, über den Linoleumfußboden bis zum Schrank. Auf dem dunklen Holz stehen zwei Rehe aus Porzellan, eins äst und eins ruht im Gras. Das äsende wird heruntergefegt, als ich vorbeikomme, und liegt in Scherben. Ich breche in Tränen aus und fange immer wieder zu schluchzen an, wenn ich das allein gebliebene Reh ansehe, das mit traurigen braunen Augen zu Boden blickt. Mein Leben lang haben mich Scherben zum Weinen gebracht, bei mir gibt es nur Arcopal-Geschirr.

Du warst ein freches Kind, erzählte die Mutter. Geplappert hast du den ganzen Tag. Ich sehe das Kind auf dem Wohnzimmersofa sitzen, der Pfarrer ist zu Besuch und die Mutter muss viel erzählen, weil er zu allem *Ja* und *Amen* sagt. Ich muss auch viel erzählen, aber ich soll still sein, und als ich trotzdem erzähle, werde ich auf den Flur gezogen, Rock hoch, Strumpfhose runter, Kochlöffel auf den Hintern und ab in den Keller. Ich weine nicht und ich schreie nicht. Wenn ich schreien würde, käme die Mutter wieder und wäre noch wütender. Ich bin ganz still und ordne die Wasserflaschen auf dem Treppenabsatz in ihre Kästen ein.

Ein freches Kind, erzählte sie. Sagen lassen hast du dir nichts. Ich sehe das Kind im Garten stehen und an sich heruntersehen. Zum Geburtstag hat es eine giftgrüne Jeans bekommen, von Tante Hilde, die einen schlechten Geschmack hat. Diese Hose ist hässlich, sagt die Mutter. Ich habe sie trotzdem angezogen und ziehe sie nicht mehr aus, denn sie ist eng an den Beinen und hat einen roten Reißverschluss. Ich finde sie schön. Die Mutter sitzt am Geburtstagstisch und schüttelt bekümmert den Kopf, weil bei mir alles zwecklos ist. Der Vater und die Großmutter schütteln synchron die Köpfe.

Schwester Kerstin, darf ich auf den Raucherbalkon? Ausnahmsweise vor dem Frühstück?

Der Satz ist mir noch zu schwer, um ihn auszusprechen, aber meine Schrift auf dem rosa Zettel sieht energischer aus als sonst, die Buchstaben groß mit kühnen Schlaufen. Vielleicht werde ich meine brave Schülerschrift, meine brave Korrektorenschrift hier noch los. Jetzt muss ich den Zettel gar nicht mehr abgeben, dann komme ich ein Stück weiter, bevor sie im Speisesaal mit den Löffeln zu klappern beginnen. Es genügt mir zu glauben, dass Schwester Kerstin mich hätte rauchen lassen, um gar nicht mehr rauchen zu müssen.

Du warst ein lustiges Kind, erzählte die Mutter fast ebenso gerne und oft. Bei deinen Sprüchen konnte man herzlich lachen. Ich sehe das rosa Fotoalbum vor mir, in das sie die Sprüche eingetragen haben. Sie haben mich Bibelverse gelehrt, um mir einen Wert fürs Leben mitzugeben. Der Herr ist mein Hirte. Sie haben Schimpfwörter zu mir gesagt, weil ich immer rannte und so viel Porzellan zerschlug. Du Pollack! So habe ich an den Bibelspruch immer ein Schimpfwort angehängt und damit die Mutter herzlich zum Lachen gebracht: Der Herr ist mein Hirtpollack. Die Großmutter und der Vater lachten ein wenig leiser, und ob Gott lachte, weiß man nicht.

Du warst ein lustiges Kind. Immer rennend mit deinen Puppen unterwegs. Sie haben mir eine Tafel geschenkt, damit ich das Schreiben lernen kann. Die Puppen sind frech gewesen, ich habe sie geschlagen und auf die Tafel geschrieben: *Alle werden eingesperrt, keine Weihnachtsgeschenke.* Die Mutter holt den Vater, um die lustigen Wörter mit den vielen Fehlern im Foto festzuhalten und das Bild in das rosa Album einzukleben.

Die Pubertät. Die Zeit, in der die anderen Kinder frech werden. Meine Mitschüler hören laute Musik, bei der junge Männer mit hell gefärbten Haaren die Finger zu Teufelshörnern ausstrecken. So etwas Primitives brauchen wir nicht, sagt meine Mutter begütigend und schaltet den Klassiksender des Radios ein. Die anderen kaufen im Schreibwarenladen die Bravo und lesen hinter verschlossener Zimmertür die Ratschläge von Dr. Sommer. So etwas Verdorbenes lesen wir nicht, sagt meine Mutter tröstend, wir haben doch so viele gute Bücher. Noch schlimmer ist, die anderen Mädchen hängen mit Jungs herum. So etwas Verdorbenes machen wir nicht, klärt die Mutter, wir halten uns an *das Wort*. Gott will nicht, dass man sich vor der Ehe zu nahe kommt, also lassen wir die Finger vom andern. Gott will auch nicht, dass man sich selber zu nahe kommt, also fingern wir nicht an uns herum und verwenden keine Tampons. Das ist Sünde. Die Mutter weiß, was richtig ist, nicht nur für sich, sondern für *uns alle*, und wenn ich es wage, mich aus diesem *Uns* zu lösen und ihr zu widersprechen, oder wenn ein Tampon aus der Tasche fällt, holt sie aus und gibt mir eine Ohrfeige.

Abends gibt mir der Vater noch eine zweite, weil ich die Mutter beleidigt habe.

Mit fünfzehn waren die Mitschüler frech geworden, ich dagegen brav. Statt mit Jungs in der Disco herumzuhängen und die *Ärzte* zu hören, lag ich auf meinem Bett und hörte Bachs Kantate mit der Arie *Ich freue mich auf meinen Tod*. Statt der Bravo las ich die Bibel, die Werke der Weltliteratur oder japanische Haikus, in denen alles leicht war, weil es kein Ich gab. Zwischendurch blätterte ich in Büchern über Konzentrationslager. Den Juden sei recht geschehen, wusste die Mutter, sie wurden bestraft, weil sie sich nicht bekehren wollten. Mir taten sie leid mit ihren traurigen braunen Augen, aber ich sagte nichts; sonst wäre herausgekommen, dass ich an Gottes Güte zweifelte, also ungläubig war, also in der Hölle schmoren würde und meine Eltern wegen mir nicht einmal im Himmel selig sein würden, sondern unendlichen Schmerz erleiden müssten.

Ich sagte überhaupt nicht mehr, was ich dachte; glücklicherweise konnten sie meine Gedanken nicht lesen. Doch das Urteil, ein freches Kind zu sein, war an mir kleben geblieben, der immer präsente Vorwurf, nicht lieb zu sein, sondern lieblos, kalt, undankbar, schwierig, der sich auf den betrübten Gesichtern der Eltern zeigte, auch wenn er nicht in Worten ausgedrückt wurde.

Kalt und lieblos. Eigenschaften meiner Mutter, die sie an sich nicht sehen wollte? Aber vielleicht haben sich diese Szenen auch ganz anders abgespielt, vielleicht sind andere Sätze gesagt worden und die Gesichter haben ganz anders ausgesehen. *Das hast du dir alles nur eingebildet.* Ich bin mir nie einer Sache sicher, nicht der Gegenwart und nicht der Vergangenheit. Könnte meine Mutter diese Geschichte niederschreiben, würde sie anders verlaufen und anders enden, es gäbe wenige Gemeinsamkeiten, nur dass es ein Haus gab und darin zwei Katzen und drei Personen lebten.

Könnte mein Vater sie schreiben, würde sie nochmals anders verlaufen, der Geschichte der Mutter ähnlicher. So viele verschiedene Geschichten und kein Gott ist da, der mit dem Schwert dreinfährt und entscheidet, was wahr ist. Ich will aufhören darüber nachzudenken, sonst verwirrt sich alles in meinem Kopf und ich will mich nur noch ins Bett legen und mir die Decke übers Gesicht ziehen.

Jetzt schau doch nicht immer so verschreckt. Hier will dir schon keiner was. Nun hat es auch Ulla zu mir gesagt, eben beim Wassertreten, und mir die Hand vom Hals weggezogen. Auf dem Rückweg habe ich auf jedem Stockwerk die Umrisse meines Körpers in den spiegelnden Sicherheitstüren betrachtet. Es stimmt, ich halte mir immer die Hand vor den Hals, die linke, zwischen Kehlkopf und Schlüsselbein. Ich kann sie auch wegnehmen, sie gehorcht mir und lässt sich in die Tasche der Jogginghose stecken, aber dann fühle ich am Hals eine kühle, verletzliche Stelle und die Hand will schnell wieder an ihren Platz.

Vielleicht verbirgt sich etwas anderes hinter meiner vorgehaltenen Hand, hinter der Atemnot und der Angst, mit ausgebreiteten Armen auf dem Rücken zu liegen. Das Kind, das sich nicht beruhigt und zu lächeln beginnt, als die Mutter sich über das Bettchen beugt, sondern schreit und weiterschreit. Die Mutter, deren Gesicht sich verfinstert, weil das Kind sie nicht liebt und nicht willkommen heißt, die das Schreien nicht mehr ertragen kann und ihm die Hand um den Hals presst, bis es nur noch krächzt und blau anläuft und die Mutter zu begreifen beginnt, dass sie keine gute Mutter mehr sein wird, wenn sie nicht sofort loslässt; dann wird sie überhaupt keine Mutter mehr sein. Das Kind weiß es nicht und die Mutter will es nicht wissen. Aber der Körper weiß es. Vielleicht hat die Hand der Erinnerung zugedrückt und die Wörter in meinem Hals eingesperrt?

Oder war es die Geburt selbst? Das Kind ist groß, die

Mutter angespannt, nichts geht vorwärts in vielen quälenden Stunden, bis der Damm bricht und ein schreiendes Etwas ins Licht rutscht. Du hättest mich beinah ins Grab gebracht, erzählte die Mutter gerne und oft. Das Leben beginnt mit dem Vorwurf, die Mutter verletzt zu haben, das Schuldgefühl wird zum Begleiter, mein Stecken und Stab, auf den ich mich stützen kann, weil er stets da ist.

Diese Grübeleien führen zu nichts. Ich werde den Block und den Kugelschreiber ins Schrankfach legen und mich Hanna-Nicole auf ihrem Morgenspaziergang anschließen. Dreißig Schritte in Richtung Glaskasten, dreißig Schritte in Richtung Fenster, bis der Essenswagen hereingefahren wird. Nach dem Frühstück, gestärkt von dem dünnen Kaffee und der Scheibe Brot, die in der Küche frisch aufgeschnitten auf den Teller gelegt wurde und auf dem Weg durch die Gänge trocken und grau geworden ist, werde ich weiterschreiben. Durch diesen einen Tag muss ich noch durch, dann bin ich hoffentlich wirklich frei.

Ich habe die Tablette nicht genommen. Ich habe die Tablette nicht genommen. Diesen Satz muss ich zweimal schreiben, damit ich ihn glaube. Schwer war es vorher, beim Frühstück, ich habe meine ganze Kraft gebraucht, um das Klappern des Löffels gegen die Tasse zu unterdrücken, das Messer habe ich gar nicht erst angefasst, nicht vom Brot abgebissen. Dann der Gang zum Schafott, das Stehenbleiben vor Schwester Kerstin, die mir den Schierlingsbecher entgegenhält, ein letztes Luftholen. *Njein*, habe ich gesagt, und tatsächlich, es war etwas wie ein Wort zu hören, wenn auch sehr leise. Zur Unterstützung habe ich ihr den vorbereiteten rosa Zettel hingehalten: *Heute keine Tablette. Bitte. Ausnahmsweise.*

Na gut, hat sie gesagt. Ihr düsteres Gesicht hat sich dabei

nicht verändert, es blieb grau wie der Himmel an einem feuchtkalten Tag, kein Gewitter weit und breit.

Aber melden Sie sich, wenn es nicht geht, hat sie hinzugefügt und den Plastikbecher mit der kleinen weißen Feindin wieder auf ihr Tablett gestellt.

Weggegangen bin ich sehr langsam, bei den ersten Schritten in der Angst, zurückgerufen zu werden, aber sie hat die Austeilung fortgesetzt und ich wäre am liebsten den Flur entlanggehüpft. Diesen Endspurt muss ich mit leerem Magen antreten, ich werde dafür das Doppelte essen, wenn ich am Ziel bin.

Der Morgen des letzten Tages dort in dem Haus. Ich war im Wohnzimmer auf dem Sofa liegen geblieben, bis die schäbige Decke nicht mehr gegen die Kälte half und auf dem Bildschirm in einer Endlosschleife die Dauerwerbung flimmerte, in der zwei Männer beim Kauf eines neuartigen Gemüsehobels ein besseres Leben zusicherten. Draußen löste der Himmel sich grau von den dunkleren Feldern, dann hoben die Bäume sich von der helleren Fläche des Teichs ab. Als man die Möbel der Großmutter an den Wänden sehen konnte, den dunklen Schrank (ohne Rehe, weil ich das verbliebene vor mir selbst auf dem Dachboden versteckt hatte) und die Anrichte mit den Gardinen, habe ich den Fernseher ausgeschaltet und bin ins Schlafzimmer hinübergegangen. Ich wollte einen letzten Anschein von Normalität bewahren und den Tag beginnen lassen wie immer, also habe mich ins Bett gelegt, das eiskalt war wie ich, habe die Decke zerwühlt und nach dem Aufstehen das Fenster geöffnet. Nebligfeuchte Luft drang herein, sobald der Morgennebel verschwände, würde es sonnig werden, aber es freute mich nicht. Wenn die Sonne über meine Undankbarkeit so gekränkt wäre wie meine Mutter, würde sie nie mehr über mir scheinen, ein Schattenfleck würde mir folgen, wohin ich auch ginge.

Wenn ich erst wieder in meinem Haus bin, werde ich

mich über alles freuen, Nebel, Hagel, Regen und Sonne, alles wird mir willkommen sein, ich werde jeden Morgen die Fenster aufreißen und hereinlassen, was da kommen mag, in meinen Ohren werden die Gitarrenriffs von *Nothing else matters* klingen, ich werde mich in den Wind stellen und einfach da sein.

Ich habe mich verhalten wie immer, an jenem letzten Tag in dem Haus. Wenn alles aus der Ordnung ist, muss man sich an Gewohnheiten halten. Ich habe Katzenfutter in zwei Schüsseln gefüllt, obwohl nur eine Katze da war, mein Gelber, der mir nass und hungrig um die Beine strich. Der Graue war entweder vom Fuchs gefressen oder vom Traktor überfahren worden oder er saß in der Küche meiner Mutter, satt von Sahne und Schmeicheleien. Ich hoffte Letzteres, obwohl es mich am traurigsten machte.

Ich habe an meinem umgestellten Tisch das Frühstück vorbereitet wie immer und den Kaffee stehend am Fenster getrunken, mit Blick auf den Teich und mit dem Rücken zu dem geblümten Plastiktuch. Ich bin in mein grünes Zimmer gegangen wie immer und habe mich an die Arbeit gesetzt. Nur noch zwanzig Seiten lagen vor mir. Wenn ich nicht verstummt gewesen wäre, hätte ich im Verlag angerufen und gebeten, dass sie mir einen neuen Text schicken möchten. Nun konnte ich nichts mehr tun außer warten und so langsam wie möglich die zwanzig Seiten lesen, auf denen die Hauptperson mittlerweile Krebs hatte und bald sterben würde. Ich wollte sie aber nicht sterben lassen, nicht an einem Tag wie diesem, und so beschloss ich, den Text noch einmal von vorn zu beginnen und mich auf die Suche nach den Fehlern in meinen eigenen Korrekturen zu machen. Den Tod der Heldin wollte ich so lange hinausschieben wie möglich, von ihm zu lesen war fast dasselbe wie sie umzubringen, obwohl sie in den letzten Tagen der einzige Mensch gewesen war, der zu mir gehalten hatte.

Ich bin wie immer nach eineinhalb Stunden am Schreibtisch aus dem Haus gegangen und in den Wald. Die Morgensonne schien mir auf den Rücken, ich musste die Ärmel meines grauen T-Shirts hochstreifen, um nicht zu schwitzen, aber der Frühling machte mir keine Freude. An den Sommer wagte ich nicht zu denken. Am Waldrand habe ich nach der Stelle gesucht, wo am Vortag der Fuchs den Bussard zerrissen hatte, nicht weil ich mich quälen wollte, sondern um mich zu vergewissern, ob es wirklich geschehen oder ein Bild meiner Fantasie gewesen war. Es hat mich beruhigt, dass der Kreis aus gestreiften Federn noch genauso dalag, wie ich ihn in Erinnerung hatte, nur mit Tautropfen benetzt, und die beiden Krallenfüße waren verschwunden; sicher hatte ein anderes Tier sie fortgeschleppt.

Bei meiner Rückkehr ins Haus hatte ich schon erwartet, meine Mutter in meiner Wohnung zu finden. Ein Schnuppern, ein Lauschen, und wirklich. Gekippte Fenster, schwere Schritte im Obergeschoss, nicht in der Küche, nicht im Abstellraum, nicht im Wohnzimmer und nicht im Flur.

Sie war kühner geworden. Die Tür meines Schlafzimmers war geöffnet, die Decke, die ich morgens zerwühlt hinterlassen hatte, geradegerückt und glattgestrichen. Unter dem Fuß der Lampe lag ein gehäkeltes rosa Deckchen, beide Schranktüren standen weit offen, meine Mutter davor.

Ich habe nur deinen Schrank etwas aufgeräumt, sagte sie lauernd-heiter und trat einen Schritt zurück, um mir einen Blick hinein zu gewähren. In den Fächern lagen meine T-Shirts sauber gefaltet, nach Farben geordnet, rechts die weißen, in der Mitte die Beige- und Grautöne, links Braun und Blau.

Ja, habe ich nur gesagt. Was hätte ich sonst sagen sollen, wenn ich ihr am liebsten den Hals umgedreht hätte.

Die schwarzen habe ich aussortiert, fuhr meine Mutter triumphierend fort und deutete mit dem Kinn auf den Müllsack im Flur, den ich erst jetzt bemerkte. Du solltest fröhlichere Farben tragen, nicht immer herumlaufen wie auf einer Beerdigung.

Gut, habe ich gesagt. *Danke*. Dann bin ich mit zusammengebissenen Zähnen aus dem Schlafzimmer gegangen, ganz langsam an dem Müllsack vorbei, die Treppe hinunter und hinaus in den Wald, aus dem ich eben erst gekommen war. Bunte Flecken tanzten vor meinen Augen.

Auf einem vermoderten Baumstumpf zwischen den kleineren Fichten, wo niemand mich finden würde, habe ich alles versucht, um zur Ruhe zu kommen. Langsam in den Bauch hinein atmen, ein und aus. Die Augen schließen und mir einen Dschungel vorstellen, in den ich hineinkriechen kann. Mir ein fremdes Land vorstellen, Japan mit seinen Kirschblütengärten. Mir ein anderes Leben vorstellen, in einer fremden Stadt, mit anderen Menschen oder zumindest einer anderen Mutter, mit der ich einen anderen Dialog führen könnte.

Ich habe nur deinen Schrank etwas aufgeräumt, sagt die andere Mutter heiter.

Ich möchte aber nicht, dass du meinen Schrank aufräumst, sage ich ruhig. Ich möchte meine eigene Ordnung darin, auch wenn sie dir wie Unordnung vorkommt. Ich finde sonst nichts.

Oh, sagt sie betroffen. Das habe ich nicht gewusst.

Nicht so schlimm, sage ich tröstend. Ich räume es wieder um.

Soll ich dir helfen, alles wieder zurückzuräumen?, sagt die andere Mutter eifrig und holt den Müllsack herein, um die schwarzen T-Shirts auszuschütten, glattzustreichen und mir in die Hand zu geben, damit ich sie zerknüllen und zwischen die anderen werfen kann. Dann verspricht sie mir, nie mehr meinen Schrank zu öffnen.

Ich liebe diese andere Mutter, bei der ein Nein kein Verbrechen ist, sondern ein Wort wie jedes andere.

Die Vorstellung hatte mich so beruhigt, dass ich zum

Haus zurückkehren konnte. Nun war meine Wohnung leer, nur der Plastikgeruch aus der Küche mischte sich mit dem Kunstfasergeruch aus dem Wohnzimmer und dem chemischen Lavendelduft aus dem Schlafzimmer. Der Müllsack fehlte, im Haus war es still, aber es war keine friedliche Stille. Nach Essen war mir nicht zumute, das Hungergefühl war mir mit der Sprache oder mit dem Leben im Haus abhandengekommen. Ich würde immer weniger werden und schließlich verschwinden, der einzige Weg, meiner Mutter durchs Netz zu schlüpfen.

Ich ging in mein Zimmer, um mit der Arbeit fortzufahren, meinem einzigen Halt in einem durcheinandergeratenen Alltag. Meine Wut war zurückgewichen und ich konnte die Wörter und Fehler wieder erkennen; ich hatte am Morgen mehrere Kommas zu viel eingefügt, in dem Bedürfnis, etwas zwischen mich und meine Mutter zu setzen.

Der gelbe Kater kam unter meinem Schreibtisch hervorgekrochen und bat jammernd darum, auf den Arm genommen zu werden. Ich habe halb liegend weitergelesen, seine nasse Schnauze in meiner Halsgrube, sein beseligtes Schnurren im Ohr. Nun konnte ich nicht mehr Kleiner oder Liebster oder Dicker zu ihm sagen, all die täglich wechselnden Kosenamen, aber er würde mich weiter mit seinem Schnurren beglücken, das meinen Atem ruhiger machte, während ein „Aber wir lieben dich doch“ meiner Mutter mir die Luft abschnürte. Je mehr ich von den Menschen sehe, desto lieber habe ich meinen Hund, der Satz soll von Friedrich dem Großen stammen. Sicher hat es sein Vater nur gut gemeint, als er seinen Freund köpfen ließ.

Die Haare kommen ab. Während der Mann vom Kiosk seine Schokoriegel und Zeitschriften im Speisesaal ausgebreitet hat, stand plötzlich die Frisörin mit ihrem Terminkalender am Glaskasten. Ich habe mich in die Reihe der Wartenden gestellt, bevor ich Zeit hatte nachzudenken. So einen Entschluss muss man fassen und in die Tat umsetzen wie einen Sprung vom Zehnmeterbrett; wenn man erst einmal anfängt in die Tiefe zu starren und sich vorzustellen, wie der Sturz durch die Leere sein wird, weicht man zurück. Nun steht mein Name im Terminkalender der rothaarigen Frisörin mit den moosgrünen Fingernägeln. Morgen, Freitag, wenn sie ihre Scheren und Kämme im Speisesaal ausgebreitet hat, werde ich meinen Kopf unter ihre Hände halten wie unter eine Guillotine, doch dann werde ich aufstehen und hinausgehen als die fremde Frau, die ich mir all die Jahre vorgestellt habe. Nein, streichholzkurz will ich sie, dass ich mir nur noch morgens, mittags und abends mit gespreizten Fingern hindurchfahren muss. Und lila, falls ich es wage. Ich will nicht mehr Rapunzel sein, die ihren langen braven Zopf hinaushängt, damit die Hexe heraufklettern kann, ich werde aus dem Fenster springen und davonlaufen.

Aber ich muss noch einige Male zurück, durch einige Stunden meines letzten Tages in meinem alten Leben muss ich mich noch hindurchschreiben, ehe ich wirklich herauskann.

Ich habe sehr langsam weitergearbeitet, an jenem letzten Tag in dem Haus. Die Heldin an den Wasserfällen hatte Schmerzen und wurde schwächer und auch mir wurde immer elender, ich würde wohl mit ihr sterben. Als bei meiner Mutter das Telefon klingelte, stand mein Herz still, ich sprang lautlos von dem Stuhl auf und war im Flur, bevor sie die ersten Worte sagte. Vielleicht konnte sich doch noch alles wenden.

Ja, danke, Herr Pfarrer.

Mein Herz stolperte bei der Anrede, ich musste das Ohr an das Türblatt pressen, schlafen konnte ich nachts ohnehin nicht mehr.

Meine Mutter und der Pfarrer. Sie erzählte nicht jedem das Gleiche, sondern jedem genau das, dem er zustimmen würde. Der Frau, deren Tochter auf der Straße nicht grüßte, erzählte sie, dass ich ihr beim Vorbeigehen nur ein Hallo zuwerfen würde und keinen Satz für eine Mutter übrig hätte. Der Frau, die ihren Enkel nur einmal im Monat sehen durfte, erzählte sie, dass ich schon ausrasten würde, wenn mein Kater einmal durch ihre Wohnung lief, wie wäre es dann erst mit einem Enkel. Tante Elli, die wieder trank, weil ihre ältere Tochter Marlene, das Sorgenkind der Familie, schon seit Monaten nicht mehr schrieb, erzählte sie, dass sie auch nur von Schlaftabletten lebe, seit es mit mir so schwierig sei; es ruhe wohl auf uns beiden, Marlene und mir, ein dunkler Familienfluch. Dabei nickte sie heimlich in sich hinein, weil Tante Elli die Schwester des Vaters war und der Familienfluch auf seiner Seite lag und nicht auf ihrer. Mit jedem, der über seine Tochter schimpfte oder klagte oder lästerte, hatte meine Mutter etwas gemeinsam. Viele Mütter hatten böse Töchter, aber ich vereinte sie alle in mir. Ich war die böseste Tochter der Welt.

Der Pfarrer hatte keine Tochter und musste folglich über etwas anderes klagen. Er klagte über die Christenverfolgung. Aus Zeitschriften schnitt er Artikel über verfolgte Christen aus, klebte sie in einen Ordner ein und las sie wieder und wieder, um sie nicht zu vergessen. Wenn sich ein Gemeindemitglied beschwerte, dass er sein Auto kreuz und quer vor dem Friedhofstor parkte oder dass er vierzig Minuten predigte und dabei mehr brüllte als sprach, buchte er das gedanklich als Christenverfolgung und fühlte sich in seinem Glauben bestärkt.

Ich weiß nicht, ob er es meiner Mutter suggeriert hat oder ob sie ohne ihn auf den Gedanken gekommen ist, dass ich sie wegen ihres Glaubens verfolgte. Ich weiß nur, wann sie auf den Gedanken gekommen ist. Vor einer Weile hatte der

Pfarrer eine Gruppe schwer erziehbarer Jugendlicher zusammengetrommelt, Vierzehnjährige, die auf dem Marktplatz Wasserpfeife rauchten, Pflastersteine aushoben und auf geparkte Autos warfen. Die Liebe Gottes sollte ihnen durch gemeinsames Bibellesen nahegebracht werden, und das Bibellesen sollte ihnen durch gemeinsame Unternehmungen mit dem Pfarrer nahegebracht werden. Gemeinsames Wandern der Jugendlichen an meinen Teich, gemeinsames Angeln, Abstechen, Ausblutenlassen der Fische, gemeinsames Ausnehmen, Braten am Lagerfeuer und danach gemeinsames Bibellesen. Der Pfarrer fragte bei meiner Mutter um Erlaubnis.

So war sie die Treppe heraufgestapft gekommen mit seiner Frage, weil ich auf den Ämtern als Besitzerin des Teichs eingetragen war.

Auf gar keinen Fall!, hätte ich am liebsten geschrien.

Was habe ich denn jetzt wieder angestellt?, hätte meine Mutter empört gefragt.

Der Ton macht die Musik, hätte mein Vater drunten düster gebrummt.

Also hatte ich es leise gesagt, in mich hineingemurmelt, den Blick auf die Fußbodenleiste gerichtet.

Ich bin da eigentlich nicht sonderlich begeistert.

Zwei Wörter in einem Satz, die ihn relativierten, ihm die Schärfe nehmen sollten, aber es genügte nicht.

Na dann bist du eben unbegeistert, hatte meine Mutter gefaucht und war die Treppe hinuntergestapft, um sich bei meinem Vater zu beklagen. Ich habe ja gewusst, dass man mit ihr nicht reden kann. Es ist einfach alles zwecklos.

Einundvierzig Jahre habe ich nach dem Tonfall gesucht, in dem ein Nein für sie akzeptabel gewesen wäre. Aber diesen Tonfall gab es nicht. Vielleicht haben sich die Wörter deshalb im Keller meiner Kehle verschanzt, weil sie sich nicht mehr krümmen und buckeln wollten.

Ich hörte, wie als sie unten zum Telefon griff, um dem Pfarrer meine Antwort zu übermitteln, und bin auf dem Flur erstarrt. Ich konnte länger still stehen als jeder Storch am Teich, keine Faser in den Fußbodenbrettern regte sich, selbst das Atmen stellte ich weitgehend ein, nur mein Herz klopfte und das Blut rauschte mir in den Ohren.

Der Pfarrer konnte seine Stimme nicht leiser stellen, das Donnern im Hörer, als er sich meldete und nach der Lage fragte, drang als Krächzen zu mir herauf.

Nichts zu machen, Herr Pfarrer, hat meine Mutter geseufzt. Wir wissen ja, wie sie ist. Die große Betrübnis, die der Herr uns auferlegt hat. Mit dieser Bürde müssen wir leben.

Hätte ich damals hinunterlaufen sollen und ihr sagen, dass ich es nicht ertragen konnte, wenn sie das sagte? Dann hätte ich zugeben müssen, dass ich gelauscht hatte, und das wäre ein so schweres Verbrechen gewesen, dass jeder kleine Fehler meiner Mutter dagegen nicht ins Gewicht fiel. Hätte ich es anders beweisen können, vielleicht weil meine Freundin, die ich damals noch hatte, neben mir gestanden und es bestätigt hätte, wäre sie empört aufgefahren mit ihrem wilden Luthergesicht.

Große Betrübnis? Das habe ich nie gesagt.

Doch, das hast du gesagt.

Wann soll ich das gesagt haben? Ich kann mich nicht erinnern.

Meine Mutter mit ihrem Beethovenface, die Haare stehen vom Kopf ab wie unter Strom, die Haut bekommt Flecken.

Gestern am Telefon hast du es gesagt. Gundula hat es auch gehört.

Ach, daaas. Das Gesicht meiner Mutter hätte sich entspannt, die Haare hätten sich gelegt und die Wangen ihre natürliche Sonnenbräune angenommen.

Das war doch auf jemand anders bezogen. Auf diese Jugendlichen vom Marktplatz. Du bildest dir nur ein, dass alles gegen dich gerichtet ist. Deine Fantasie war schon immer sehr lebhaft.

Und hätte ich ihr beweisen können, dass es gegen mich gerichtet war, vielleicht weil es ein Mitschnitt eines Geheimdiensts bestätigt hätte, wäre sie einige Stunden später die Treppe heraufgekommen, mit schweren, betrübten Schritten und einem riesigen Blumenstrauß in der Hand.

Bitte vergib mir all meine Sünden. Es tut mir leid, dass du immer so überempfindlich bist.

Und ich hätte vor den prallen Dahlien und Astern gesessen und mir gewünscht, dass in meinen Eingeweiden Übelkeit aufsteigen möchte und es mir gelänge, auf ihre Blumen zu kotzen.

Ich wünschte mir, meine Mutter würde im Fegefeuer sitzen. Nicht um zu schmoren, es braucht nicht einmal heiß zu sein, sondern um sich Tonbandaufnahmen all der Sätze über mich anzuhören, die sie in all den Jahren in ihr Telefon geraunt hat. Mit gefesselten Füßen, damit sie nicht weglaufen kann, mit gefesselten Händen, damit sie sich nicht die Ohren zuhalten kann, und mit einem Knebel im Mund, damit sie sich nicht herausreden kann. Und müsste am Ende vor dem gerechten Richter eingestehen, dass sie Unheil angerichtet hat mit ihrer Zunge. Aber wie ich Gott kenne, hält er sein eigenes Wort nicht, sondern hat sie zu seiner Beraterin auserkoren und die beiden sehen bekümmert-frustriert-erzürnt von der Wolke auf mich herunter, weil ich mich nicht auf den rechten Weg bringen lasse, meine Mutter und Gott zuerst zu lieben; dann könnten endlich auch sie mich lieben.

Ich muss wohl eine Schreibpause machen. Mein schöner krokuslila Kugelschreiber folgt nicht mehr seinem geraden Weg, sondern nimmt einen Zickzackkurs, bei jedem Buchstaben springt er zur Seite wie ein verängstigter Hase, ich kann die letzten Sätze kaum mehr entziffern. Jetzt darf keine Schwester neben mir stehen bleiben. Mein Herz schlägt wie ein Hammer, im Rücken sticht es, im Magen klopft es, wenn ich den Mund öffnen würde, begännen meine Zähne aufeinanderzuschlagen. Auch Schwester Kerstin könnte mir nicht mehr helfen, sie würde mit dem Schierlingsbecher vom Morgen kommen und mich ins Vergessen schicken, und wenn ich ihn ausschlage, wird der Arzt geholt und ich bekomme die Spritze. Sie glauben, dass man eine Mutter mit Chemikalien vertreiben kann, bis das Abbild ihres Gesichts vor dem inneren Auge verschwimmt und nur noch Farben und Empfindungen vor einem herumwabern. Aber sobald die Wirkung nachlässt, kommt die Mutter zurück und ihre Sätze hacken unerbittlich auf mich ein wie der Schnabel des Spechts, der dem kranken Baum den Rest gibt.

Einatmen, ausatmen, wie wir es abends bei den Entspannungsübungen lernen. Ich soll mir eine blaue Fläche vorstellen, mir fällt keine ein. Ich soll mich an einen guten Moment in meinem Leben erinnern, mir fällt keiner ein. Ich soll mich an einen guten Ort denken, an dem mir nichts geschehen kann, mir fällt keiner ein. Nein. Doch. Am Teich sitzen und Akkordeon spielen. Ich schaue auf die blaue Fläche und klinge, ich bin der Blasebalg des Akkordeons und ziehe mich auseinander und sauge die Luft ein, ich drücke mich wieder zusammen und presse langsam die Luft heraus. *Take me down to my boat on the river and I won't cry out any more.*

Jetzt ist der Stift wieder ruhiger geworden und folgt zielstrebig seinem Weg übers weiße Papier. Ich hatte zwar das Angeln der Jugendlichen verhindert, aber das Lauschen mit sieben schlaflosen Nächten bezahlt. Tagsüber, wenn es hell ist, versuchst du klar zu denken und logisch zu argumentieren. Lass sie reden. Es war dein Recht, Nein zu sagen. Wenn sie betrübt ist, ist das nicht dein Problem. Wenn dich der Pfarrer nicht mag, ist das auch kein großer Verlust. Nachts im Traum kannst du alles tun, was du tagsüber nicht getan hast: Du schreist sie an, du knallst ihr die Tür vor der Nase zu, du stößt sie zurück, wenn sie dir entgegenkommt, du schlägst sie, wenn sie den Mund aufmacht. Aber sobald du aus dem Traum hochschreckst und im Dunkeln liegst und nur das Knacken der Balken im Haus zu hören ist, weißt du, dass die Illusion nicht Realität werden kann. Ganz gleich, was du tun oder sagen oder nicht tun und nicht sagen wirst, es wird ihren Glauben an Gott und sich selbst noch fester machen. In den letzten zehneinhalb Jahren war er zu einem Granitblock geworden.

Mit eiserner Hand unterstrich sie in ihrer Bibel Stellen, die ihr bestätigten, dass sie gut und ich böse war.

Wundert euch nicht, wenn euch die Welt hasst.

Der Sohn verachtet den Vater, die Tochter widersetzt sich der Mutter.

Ihr werdet gehasst werden von jedermann um meines Namens willen.

Und es wird die Tochter wider die Mutter sein.

Und des Menschen Feinde werden seine eigenen Hausgenossen sein.

Lass sich nicht über mich freuen, die mich ohne Grund hassen.

Sätze wie Steine, aus denen sie eine Mauer um sich herum erbaute und die sie herabwarf, wenn jemand herankam, um ihre Gutheit anzufechten. Wer ohne Sünde ist, werfe den ersten Stein. Meine Mutter WAR ohne Sünde, sie hatte es immer nur gut gemeint.

Gegen Morgen bin ich meist wieder eingeschlafen. Die Wut wich der Kälte, wenn es draußen grau wurde und die Formen der Möbel sich von den Wänden trennten. Beim Erwachen habe ich mich in den Traum zurückgewünscht, weil es darin so einfach war, sich zu wehren. Ist das nicht zu verstehen? Herr Richter, verstehen Sie jetzt? Hätten Sie nicht dasselbe getan? Ich habe meine Mutter nicht gehasst, ich wollte nur nicht gezwungen sein, sie zu lieben.

Bitte geben Sie mir Bewährung, Herr Richter. Ich werde mich bewähren, ich werde nie mehr einen Menschen antasten; welcher Mensch könnte mich so wehrlos und wütend machen wie meine Mutter? Verpflichten Sie mich zu einer ambulanten Therapie, für zwei Jahre oder meinetwegen für zwanzig. Ein, zwei Stunden die Woche bei Konrad werden mir helfen, alles wiederzufinden, was ich verloren habe oder nie hatte, bis er mir Mutter und Vater geworden sein wird und ich ihm auf Augenhöhe gegenüberstehe und ihm zum Abschied die Hand geben kann.

Verpflichten Sie mich zu Sozialstunden, Herr Richter, zwanzig oder meinetwegen zweihundert, aber schicken Sie mich nicht ins Alten- oder Pflegeheim. Vor hilfsbedürftigen Menschen, die nicht Nein sagen und nur lächeln können, habe ich ein Grauen. Lieber will ich räudige Hunde, verflohte Katzen und verklebte Kröten aufsammeln, auch wenn sie dreckig sind oder giftig sind oder bissig. Tiere können nicht Ja sagen, wenn sie Nein meinen, sie beißen auch die helfende Hand. Schicken Sie mich zu den Tieren, sie sind ehrlich und Dreck stört mich nicht mehr.

Zimmerkontrolle. Bei Ulla hat man „etwas“ gefunden, nun wird die Schimpfende zum Inquisitionsgespräch mit dem Stationsarzt geschafft. Auch meinen Schrank hat Schwester Martina durchkämmt. Ihre breiten Finger mit den kurz geschnittenen Nägeln machen mir Angst; sie könnte jemanden würgen, ohne dass sie es fühlen würde. Drogen, Messer und Scheren hat sie keine gefunden, den Stapel beschriebener Blätter achtlos zur Seite geschoben mit einem Blick wie: die harmlosen Fantasien einer armen Irren. Aber mein Text ist mein Messer, das sieht sie nicht, mein Messer, mit dem ich die Nabelschnur zu meiner Mutter durchschneide, die ich einundvierzig Jahre hinter mir hergeschleppt habe.

Aber an jenem dritten Tag brauchte ich nicht zu erschrecken und wütend zu werden beim Lauschen an meiner unschuldigen Fichtenholztür. An jenem Tag hat meine Mutter nichts von Betrübnis zum Pfarrer gesagt, nichts von Verfolgung und Feindschaft und Hass. Ihre Stimme klang nicht kratzig, sondern fast sanft, während sie unten ins Telefon sprach und ich als Storch auf den Brettern im Obergeschoss balancierte.

Ja, Herr Pfarrer, danke der Nachfrage. Ja, es ist besser geworden. Kein Streit mehr im Haus, schon die ganze Woche. Gott sei gedankt, der uns allezeit Sieg gibt. Unser Glaube ist der Sieg, der die Welt überwunden hat. Und noch ein paar Bibelstellen mit dem Wort *Sieg* hat sie ins Telefon hineingesprochen und die Leitungen haben sie weitergetragen zum Pfarrer und der hat donnernd mit ihr triumphiert, weil der Kampf mit der Tochter Babylon endlich ausgestanden war.

Herr Oberarzt, falls Sie das lesen, bitte streichen Sie die religiöse Neurose aus meinem Diagnosekatalog. Es ficht mich nicht an, wenn Menschen zu einem Gott beten, wenn sie sonntags in eine Kirche gehen, ihre Stirn vor ihm beugen und ihre Sünden bekennen und sich vor ihm in den Staub werfen. Aber ich selber, ich ganz für mich brauche einen anderen Gott, keinen im goldenen Mantel, der sich nur groß fühlt, wenn du vor ihm im Staub liegst, keinen, der zu eifern beginnt, wenn du ihn nicht über alles andere liebst, keinen, der deinen Erstgeborenen schlägt, wenn du nicht gehorsam bist, und dir am Ende den Fuß auf die Stirn setzt. Einen namenlosen Gott brauche ich, einen, der so lautlos ist wie das Gras, das nur dasteht und sich im Wind wiegt und nichts erwartet, einen, in dessen Sprache die Wörter *Kampf* und *Sieg* zu den allerseltensten gehören und am Ende vergessen werden.

Aber jetzt brauche ich Mittagessen.

Heute riecht es nach Fisch. Es ficht mich nicht an, wenn

andere Fleisch oder Fisch essen, aber ich mag beides nicht, kein Tier soll wegen mir zu Schaden kommen. Ich werde möglichst nicht auf das bräunlich gebratene Rechteck blicken, das einmal Teil eines Kabeljaus war. Die Kartoffeln und den matschigen Salat werde ich essen, auch den blassen Vanillepudding. Gestern habe ich bei dem Mann vom Kiosk zwei Schokoriegel als Notproviant erstanden, sie werden mir helfen das Ziel meines Marathons zu erreichen.

Ein, zwei Stunden sind es noch, die ich zu durchschreiben habe. Ich habe mir in eine der großen orangefarbenen Plastiktassen Kaffee aus der Thermoskanne gefüllt und mit an den Tisch genommen. Er ist warm und schmeckt kaffeeähnlich, auch wenn sie ihm das Koffein entzogen haben. Wenn ich reden könnte, würde ich mir jetzt Mut zusprechen. Maria, mach weiter. Maria, du schaffst es. Wie soll man sich Mut zusprechen, wenn man beim Klang seines Vornamens einen Schreck bekommt? Nur geschrieben mag ich ihn, von Konrad auf dem Notebook geschrieben. Wenn ihn jemand ausspricht, fühle ich mich am Ärmel gepackt und an einen Ort geschoben, an den ich nicht will. Vielleicht sollte ich mir einen anderen Namen geben lassen, einen, der nicht mit einer Erwartung verbunden wäre, Chantal oder Jacqueline, und mein Leben unter anderem Namen noch einmal beginnen.

Aber das wäre feige. Los jetzt, du schaffst es, Maria. Wieder hinein in das Haus, hinauf ins Obergeschoss, auf dem Flur stehen bleiben und den Worten lauschen, die die Mutter unten am Telefon dem Pfarrer zuraunt. *Sieg* und *Heil*. Die Worte verschwimmen zu einem Geräusch, von dem ich nicht weiß, ob es außerhalb von mir oder in meinen Ohren entsteht.

In unserem Haus herrschte die Umwertung aller Werte. Ich war nicht krank, sondern erstmals gesund. Ich war nicht verrückt, sondern erstmals normal. Ich hatte nicht die Sprache verloren, sondern den Frieden gewonnen. Ich sollte gar nichts anderes sagen als die drei Wörter *ja, gut* und *danke*, ich hatte nie etwas anderes sagen sollen. Ich brauchte auch keine Angst zu haben, dass jemand meinen Verlust bemerkte, sondern hätte einfach weiterleben und zu allem *Ja* und *Amen* zu sagen brauchen und wir hätten erstmals in Eintracht und Harmonie zusammenleben können in einem Haus.

Eine Mutter mit einem Kind sitzt im Paradiesgarten, das Kind lächelt und entfacht auf dem Gesicht der Mutter ein Lächeln, der Himmel verdunkelt sich nicht, der Apfel der Sünde wird nicht gegessen, das Kind wird nicht größer, es windet sich nicht aus den Armen, es lernt nicht wegzulaufen und nicht Nein zu sagen, die Mutter hält es für immer und wärmt sich an ihrem gemeinsamen Lächeln, und niemand ist da, der den Fehler im Bild bemerkt oder die beiden aus ihrer paradiesischen Starre herausreißt.

Mir war schlecht.

Schwester, ich kann heute nicht zum Malen mitgehen. Mir ist übel und es liegt nicht an dem fettigen Fisch, dessen Geruch immer noch im Flur und in unseren Jogginganzügen hängt. Es liegt auch nicht an dem kalt gewordenen Kaffee mit der Milchhaut in meiner orangefarbenen Plastiktasse. Lassen Sie mich einfach in Ruhe hier sitzen, bis mir besser wird, ich kann jetzt nicht aufstehen und durch den Flur laufen und ein nettes, friedliches, harmonisches Blumenbild malen mit freundlichen bunten Farben, sonst immer, aber nicht heute.

Ein Nein bekomme ich dieses Mal nicht heraus, aber ich schüttle deutlich den Kopf.

Ich glaube, sie tricksen mich aus hier. Schwester Claudia hat die rote Mappe mit meinem Vor- und Nachnamen auf dem Aufkleber vor mir liegen lassen, aus Versehen oder mit

Absicht. Ich hatte Angst hinzusehen, aber die Neugier siegte. Gestern Abend war ich nicht bei der Entspannungsübung und jetzt gehe ich nicht zur Kunsttherapie, aber in beiden Kästchen prangt nicht der schmollende Smilie, den ich fürchte, weil er genauso aussieht wie meine Mutter, sondern der freundliche, grüne, lachende, nein, nicht einmal der gewöhnliche lachende, sondern der große, goldene, strahlende, den Annie die blonde Messie bekommt, wenn sie die gesammelten Servietten vom Mittagessen freiwillig aus dem Schrank nimmt und wegwirft, oder Ulla die Drogenmutti, wenn sie sich bei der Schwester für ein hingeworfenes „Fuck“ entschuldigt.

Zuerst wollte ich aufspringen und mit der Mappe in der Hand Schwester Claudia hinterherlaufen und mich beschweren, aber was hätte ich sagen sollen? Ich bin sitzen geblieben und habe auf die zwei Stempel geblickt, bis ich mitlachen musste mit den beiden fetten runden goldenen Lachgesichtern in meinem Plan. Sie belohnen mich, wenn ich Nein sage. Ich habe auf meinem Stuhl gesessen und in mich hineingelacht, bis Hanna-Nicole auf ihrer ewigen Wanderung neben mir stehen geblieben ist. Kommst du mit zur Berufsschule, hat sie gefragt. Heute wird ein toller Tag. *Ja*, habe ich gesagt, GERNE.

Nun sind die anderen beim Malen und ich sitze allein in dem stillen Flur, nur aus dem Zimmer der Bildhauerin dringt in Abständen heiseres Schimpfen, im Schwesternzimmer klappern die Löffel gegen die Tassen. Ich habe mir einen neuen Topf Kaffee vom Rollwagen geholt und ein Stück von dem bröselnden Kuchen. Er verursacht mir Husten. Streuselkuchen, Beerdigungskuchen. Eine Stunde habe ich Ruhe, es könnte reichen, um in das Haus zurückzukehren und die Sache zu Ende zu bringen, zum zweiten und zum letzten Mal.

Meine Sprachlosigkeit war für meine Mutter der Endsieg. Nachdem sie sich vom Pfarrer verabschiedet hatte, behielt sie gleich das Telefon in der Hand und wählte die Nummern aller Bekannten durch, weil sich ihr Triumph mit dem Teilen multiplizierte. Ich stand immer noch auf den Flurdielen und wusste nicht weiter. Sollte ich heute zum dritten Mal in den Wald gehen? Welcher andere Weg blieb mir noch? Mein Leben war eine Sackgasse, aus der es keinen Ausweg gab, selbst den Eingang gab es nicht mehr, ich konnte allenfalls an den Mauern kratzen.

Wenn ich gewusst hätte, dass es für lange Zeit das letzte Mal war, wäre ich in den Wald gegangen und hätte mir alle Dinge noch einmal angesehen, die ich gemocht hatte und die mich immer ermutigt hatten. Die krumme Birke am Feldrand, im Winter vom Schnee heruntergedrückt und tief gebeugt, aber mit Knospen. Die Schlehen an der Straße, die im Herbst raspelkurz abgemäht worden waren und trotzdem blühten. Den grünen, modrigen Stumpf einer Buche, aus dem eine strohhalmgroße Kastanie herauswuchs.

Irgendwie war ich an meinen Schreibtisch gelangt, den Rand des sinkenden Schiffs, und muss dort eingeschlafen sein, den Kopf auf meine gekreuzten Arme gelegt. Plötzlich stand meine Mutter neben mir wie im Traum, eine Boa mitten in meinem Dschungelzimmer, die vor meinen verquollenen Augen Gestalt annahm.

Maria? Also dein Zimmer ist wirklich zu düster. Kein Wunder, dass du immer so depressiv bist.

Kein Wort.

Wir sollten den Maler holen und dieses ganze Pflanzenzeug überstreichen lassen. Ein fröhliches Hellgelb wäre doch schön?

NEIN!

Der Schrei explodierte in meinem Kopf und hätte drei Straßen weit zu hören sein müssen, aber kein Laut kam heraus.

Meine Mutter stand liebevoll-lauernd mit in die Hüften

gestützten Händen vor mir und wartete auf Antwort. Ja sagen? Gut sagen? Danke sagen? Sie würde den Maler holen, ich würde in einem hellgelben Zimmer sitzen wie der Käfer auf dem Blütenblatt. Nicht einmal der Satz „Das muss ich mir noch mal überlegen“ war mir geblieben, als ein Nein, das nicht sofort kränkt, erst in Raten. Ich konnte nur noch den Kopf einziehen und das Gesicht in den Blättern mit meiner Arbeit vergraben.

Du sagst ja gar nichts?, bohrte meine Mutter gütig-misstrauisch weiter. Immer hast du den Kopf in irgendwelchen Papieren. Du solltest diesem Verlag endlich absagen. Wozu brauchst du eine Arbeit? Du hast doch alles.

NEIN!

Sie würde mir meine Arbeit nehmen und ich würde ohne Fluchtweg in meinem hellgelben Zimmer sitzen und den ganzen Tag auf die schweren Schritte warten, die erneut näher kamen, die Spinne hatte mich in ihrem Netz gefangen, und je verzweifelter ich zappelte, desto enger legten sich ihre Fäden um meinen Hals.

Maria? Ich habe mit dem Pfarrer telefoniert.

NEIN!

Sie trat neben mich und las über meine Schulter hinweg die letzten Wörter, die ich geschrieben hatte, *Haus, Kind, Wasser, Baum.*

Er freut sich, dass wir uns wieder besser verstehen.

NEIN!

Selbst wenn ich hätte reden können, kein Wort wäre genug gewesen, um auszudrücken, was ich fühlte, allenfalls Sonderzeichen hätten es wiedergegeben, Stinkefinger, Blitze und Totenköpfe.

Ich habe ihn für heute Abend eingeladen. Er soll mit uns beten und unser Haus neu segnen. Damit der Frieden erhalten bleibt.

NEIN!

Stinkefinger, Blitze, Totenköpfe, Galgenmännchen, die Guillotine.

Maria?

Jetzt legt sie mir die fleischige Hand auf die Schulter, tröstend und drohend.

Maria? Hörst du mir überhaupt richtig zu??

Sie hätte mich nicht anfassen sollen. Irgendetwas in mir ist explodiert, ich habe gelb gesehen, hellgelb, da bin ich aufgesprungen und habe sie an den Schultern gepackt, durch den Schafwollpullover an den fleischigen, von den BH-Trägern eingeschnittenen Schultern, wie in meinen Träumen der vergangenen zehneinhalb Jahre.

Maria! Was ist denn auf einmal in dich gefahren?!

Wie in meinen Träumen habe ich meine Finger in ihr Fleisch gekrallt und sie geschüttelt, dass ihr die Falten aus dem Gesicht fielen und die Zähne aufeinanderschlugen, mit all meiner Kraft habe ich sie geschüttelt.

Maria! Was machst du denn?! Wir haben doch alles für dich getan!

Die Wut von zehneinhalb Jahren gab mir die Kraft eines Riesen, ich habe sie einen Schritt zurückgedrängt, an die Wand, meine grüne Wand mit den aufgemalten Lianen darauf, habe sie weitergeschüttelt, dass ihr Kopf an die Wand schlug wie in meinen Träumen, zwischen aufeinanderschlagenden Zähnen schrie sie weiter:

Maria! Wir – haben – es – doch – nur – gut – gemeint!

Ich habe geschüttelt und weitergeschüttelt, etwas zerplatzte und spritzte davon, sie sollte still sein, ich wollte diesen Satz nicht mehr hören, diesen Satz vom Gutmeinen, nie mehr in meinem Leben.

Dann sind wir beide zu Boden gesackt, sie lautlos und ich

kraftlos. Ich hatte meine Mutter ins Grab gebracht, wie sie mir seit meiner Geburt vorausgesagt hatte, und ich empfand dabei nichts.

Jetzt hätte ich weglaufen können, aus dem Haus hinaus, in den Wald hinein, hätte versuchen sollen, in einer Höhle zu leben oder mich in ein anderes Land durchzuschlagen. Aber ich habe gar nichts getan, wie so oft in meinem Leben habe ich nur dagesessen, auf meinem Schreibtischstuhl zusammengekauert, mich leicht hin und her drehend und aus dem Fenster sehend, die Knie an den Körper gezogen, ein Schutzwall, der nicht hoch genug war.

Ich weiß nicht, wie lang es gedauert hat, bis mein Vater die Tür öffnete, eine Stunde vielleicht oder drei. Er hatte sich wohl gefragt, warum keine Stimme im Haus zu hören war und in keinem Zimmer der Fußboden knarzte oder knackte. Ich werde nicht mehr erfahren, was er gedacht hat.

Ich sehe meinen Vater, wie er sich über meine Mutter beugt, das Gesicht zu Beton erstarrt. Wie er sie hin und her wiegt, wie mich nie jemand wiegen würde. Wie er graugesichtig zum Telefon greift und mit kalter Stimme den Notdienst anruft, obwohl er so gut weiß wie ich, dass es nichts mehr hilft. Wie er am Boden bei meiner Mutter kniet, wie bei mir niemand knien würde, und mich nicht ansieht und nichts sagt. Kein Wort.

Das schmale, stille Gesicht meines Vaters, in dem nichts Lauerndes, nichts Giftiges war, ich sehe es wieder deutlich vor mir. Ich würde es nicht bedauern, wenn er noch lebte. Irgendwann hätte er das Wort von der Betrübnis vergessen, mit dem meine Mutter ihn infiziert hatte, und mich wieder angesehen. Wir hätten eine gemeinsame Sprache gefunden, eine Sprache, die aus kurzen, alltäglichen Sätzen besteht: Kann ich mal die Rohrzange ausleihen? Ja, liegt im Schuppen. Aber hinter den alltäglichen Sätzen hätte ein anderer Text gestanden, nicht wie bei meiner Mutter: Liebe mich oder ich strafe dich, sondern: Ich habe nichts gegen dich, oder: Du bist schon in Ordnung. Wir hätten an fünf Tagen im Jahr darum gestritten, wer den Rasenmäher über das Gras schieben darf, und uns an den anderen dreihundertsechzig Tagen in Ruhe gelassen. Wir wären einander aus dem Weg gegangen, aber manchmal hätten sich unsere Wege gekreuzt, ich hätte ihm einen Topf Suppe auf die Treppe gestellt, er hätte mir ein Stück Obst auf eine der Stufen gelegt und es wäre keine Erwartung und keine Drohung dabei gewesen, ich wäre hinuntergestürzt und hätte das Obst ohne Angst gegessen, mit Freude.

Am Nikolaustag hatte er mir Mandarinen auf die Treppe gelegt, eine in die Mitte jeder Stufe, eine schöne Mandarinentreppe. Aber im Netz waren nur acht gewesen, es war nicht genug für alle Stufen, die Brücke reichte nicht bis zum anderen Ufer, die oberen Stufen blieben leer und ich musste erst durch ein Niemandsland springen, um die Mandarinen einzusammeln. Am Nachmittag kamen die Tanten zu meinen Eltern, im Wohnzimmer klapperten Kaffeetassen, eine schleifende Stimme ertönte, ich saß auf der obersten Treppenstufe und hörte das Wort „Mandarinen“ und das Wort „undankbar“. Und nichts von meinem Vater. Er saß auf seinem Stuhl und rührte lautlos in seiner Kaffeetasse, sagte nicht „Jetzt sei doch mal still“, nicht „Ich habe doch keinen Dank erwartet“, sagte einfach gar nichts und ließ sie weiterschleifen und die Tanten düster nicken und murmeln. Vielleicht war er von der gleichen Sprachlosigkeit befallen wie ich, vielleicht befiel diese Sprachlosigkeit jeden im Angesicht meiner Mutter; der Mensch, der ihr widersprochen hätte, hätte der mutigste Mensch der Welt sein müssen.

Ich werde meinen Vater vermissen. Wir waren zwei Königskinder und konnten zueinander nicht kommen. Meine Mutter stand stets dazwischen, um jeden von uns für sich zu haben. Nun sind wir alle allein, auch wenn die beiden nebeneinander liegen. Ob sein Herz anfing Sprünge zu machen und Haken zu schlagen, als er die Tür meines Zimmers öffnete, oder schon früher, als er drunten am Kaffeetisch saß und kein Wort herausbrachte, oder noch früher? Still stand es später, als ich längst aus dem Haus war und mit zwei Beamten im Polizeiwagen auf der Fahrt hierher. Das Telefon in der Tasche des einen klingelte, er wandte sich mit sachlichem Gesicht zu mir um und sagte: Ihr Vater ist leider verstorben. Ich habe keinen Schreck und keinen Schmerz gespürt, vielleicht war ich jetzt kalt und lieblos geworden, wie meine Mutter schon immer wusste, und nicht einmal das hat mich mehr erschreckt. Am nächsten Tag, hier in dem Dreierzimmer mit den gelb überzogenen Betten, hat mir der Stationsarzt berichtet, dass es ein Herzinfarkt gewesen war. Der Rettungswagen mit meinem Vater fuhr kurz nach dem Polizeiwagen mit mir und dem Leichenwagen mit meiner Mutter vom Grundstück, aber der Vater kam nicht mehr lebend im Krankenhaus an. Auch da habe ich keinen Schmerz empfunden, selbst wenn man mich mit Nadeln gestochen hätte, hätte ich nichts gespürt. Aber jetzt steht der Schmerz dicht neben mir und droht mich zu überwältigen. Wenn es in den Läden wieder Weihnachtsgebäck und Mandarinen gibt, werde ich um meinen Vater weinen.

Die Beerdigung meiner Eltern war die größte im Dorf seit Menschengedenken. Die Kirche voller als an Weihnachten, in allen Bänken saßen schwarz gekleidete Leute mit zerknüllten Taschentüchern in klammen Fingern, auf den Gängen standen sie, auf den Treppen zu den Emporen, so dicht, dass man Angst haben musste, die Kirche würde zusammenbrechen. Meine Eltern waren gute Menschen gewesen und das ganze Dorf betrauerte sie. Allen voran Tante Hilde, der meine Mutter jedes Jahr zu Weihnachten einen schönen Bildband und ein gutes Buch geschickt hatte, um auf ihre alten Tage ihren schlechten Geschmack zu verbessern. Neben ihr Tante Elli, die sich von meiner Mutter hatte überreden lassen, einen Bibelkreis zu besuchen, um endlich mit vernünftigen Leuten Kontakt zu bekommen, daneben Cousine Moni mit ihren zahlreichen Kindern, die die Stofftiere meiner Kindheit an ihre Gesichter drückten. Marlene war nicht gekommen, sie hatte in Thailand eine Bratwurstbude eröffnet und brauchte weder Pfarrer noch Psychologen. Auf der anderen Seite saß zusammengesunken Tante Anita mit ihren rheumatischen Gliedern, neben ihr ernst und sachlich die beiden Großcousinen, die in Naturwissenschaften promoviert hatten und ratlos aussahen, wenn jemand das Wort *Psychiatrie* aussprach. Dahinter die unzähligen alten Frauen, denen mein Vater den Rasen gemäht und die Hecken geschnitten hatte, während meine Mutter mit ihnen in der Küche saß, rheumatische Knie mit Ringelblumensalbe einrieb und sie gemeinschaftlich über die schlechten Kinder klagten. Die unzähligen jungen Frauen, denen mein Vater Schaukeln und Sandkästen aufbaute, während meine Mutter mit ihnen im Garten saß und Johanniskraut verteilte zur Stärkung der Nerven und sie gemeinsam über die schlechten Schwiegermütter oder Exmänner klagten. Und dahinter die unzähligen Menschen, die dabei zugesehen hatten, wie sich meine Eltern als gute Menschen erwiesen. Die Orgel erklang, der Posaunenchor spielte, der Pfarrer las Dankespsalmen, sang Lobeshymnen und am Ende stimmte die ganze Gemeinde ein in das Lob dieses Gottes, der uns von Mutterleib und Kindesbeinen an unzählig viel ZU GUT getan hat, ein Lied, bei dem es mir seit meiner Geburt die Kehle zugeschnürt und den Magen umgedreht hat. Vielleicht sind meine Wörter in all dem zu Erbrechenden ertrunken, das in mir hochstieg und nie herauskam.

Ich bin froh, dass ich diesen Tag hinter Sicherheitsglas zugebracht habe und nicht mit in der Kirche sitzen und singen und ein trauriges Gesicht aufsetzen musste, nicht mit am Grab stehen und mich von all den Menschen umarmen lassen, ohne sarkastisch aufzulachen. Maria. Es tut mir so leid für dich. Danke! Mir tut es auch leid, um die zehneinhalb Jahre!

Meine Eltern haben ein großes Grabmal bekommen, das über die anderen Gräber im Friedhof hinausragt; die Nachbarin hat mir das Foto gezeigt. Die Leute aus dem Dorf schmücken es gemeinsam und so stehen immer die schönsten und prallsten und rundesten Dahlien in den Vasen. Ich will später nicht auf dem Friedhof liegen, nicht im Tod noch in der Reichweite meiner Eltern sein und sie nachts in ihrem Ehegrab tiefbetrübt miteinander raunen hören. Man soll mich verbrennen und meine Asche verstreuen, so kann sie fliegen, wohin sie will. Mich wird ohnehin niemand vermissen außer dem gelben Kater oder den Kassiererinnen im Supermarkt, denen ich manchmal zugelächelt habe, wenn sie von jemandem vor mir finster angeblickt worden waren.

Die anderen sind nach der Kunsttherapie wieder hereingekommen und ich freue mich über jede von ihnen. Sie sind mir Geschwister geworden. Ulla und die Russinnen machen sich über den Streuselkuchen her, sie scheinen eine gemeinsame Sprache gefunden zu haben. Birgit eilt in den Waschraum, ihr Make-up erneuern, bevor sie sich einen Kaffee gönnt, die Beine übereinandergeschlagen und eine Modezeitschrift darauf ausgebreitet. Hanna-Nicole hat sich wieder auf Wanderschaft begeben, heute summend statt seufzend, nicht Schuberts Lied vom verrückten Leiermann, sondern *Yellow submarine*. Sogar Martha ist gut gelaunt, bleibt im Vorübergehen neben mir stehen und stützt die Hände auf meinen Tisch, die eine zur Faust geschlossen, der untere Holm des Kruzifixes spitzt ein Stückchen heraus. Heiliger Teufel, erlöse uns von dem Bösen. Sie sagt es hoffnungsvoll, nein euphorisch. Ich mag es, wenn ihre Sätze zerfallen und sich zu etwas überraschend Neuem zusammensetzen. Es wird mir schwerfallen, von hier Abschied zu nehmen.

Ins Dorf brauche ich mich nicht mehr zu gehen, nachdem ich meine Eltern ins Grab gebracht habe. Nein, die Leute werden die Blicke nicht von mir abwenden, wenn ich ihnen entgegenkomme, sie werden nicht vor mir ausspucken, wenn ich an ihnen vorbeigehe, dazu sind sie meiner Mutter zu ähnlich. Sie werden wie immer ein Lächeln aufsetzen und mich freundlich grüßen, aber sobald ich vorüber bin, werden sie die Köpfe zusammenstecken und ich werde wissen, worüber sie reden, die Verrückte oder die Mörderin oder die verrückte Mörderin. Aber ich muss nicht ins Dorf gehen, ich kann meine Brötchen hinter dem Hügel im Supermarkt kaufen, wo mich schon keiner mehr kennt. Nur in das Haus möchte ich zurück und im Gras liegen, das jetzt meines ist, auf den Teich schauen, der mir gehört, und meine Ruhe haben.

Bald werde ich es so lange tun können, wie ich will. In die Sonne blinzeln und die Augen schließen. Das Akkordeon aus dem Dachbodendämmer reißen und durchpusten, bis es seinen muffigen Geruch verliert. Eines Tages werde ich meine Sprache wiederhaben und an dem Teich sitzen, der jetzt meiner ist, und aus voller Kehle die Worte der *Animals* singen:

O mother,
tell your children
not to do
what I have done.
Spend your life
in sin and misery
in the house
of the rising sun.

O Tochter, wenn du noch anders kannst, zieh nicht wieder in dein Elternhaus ein. Lass vierhundert Kilometer zwischen dir und deinen Eltern sein, sonst wirst du im Irrenhaus enden.

Und wenn ich fertig gesungen habe, werde ich alle Stühle und Tische aus dem Haus hinaus an den Teich tragen, auf jedem Hin- und Rückweg begleitet von meinem gelbweißen Kater. Die Nachbarin wird zusammen mit dem Getigerten aus ihrem Garten kommen und wir werden am Tisch sitzen und den Proseccokuchen probieren und wie normale Menschen über normale Dinge reden. Meine dicke lavendelfarbene Freundin wird um die Ecke biegen und ich werde mich in ihre Kleiderschichten vergraben, sie wird mich nicht mehr für eine Verbrecherin halten und sich auf einem Gartenstuhl zu uns setzen. Tante Anita wird den Weg entlangkommen und nicht mehr bekümmert blicken, sondern mit uns am Tisch sitzen und von dem Kuchen essen wollen. Später wird auch Chiara, die Klare, am Teich erscheinen und große Schüsseln mit Käse und Oliven vor sich hertragen und wir werden das Kaffeetrinken verlängern müssen bis in den Abend, weil wir so viel essen müssen und so viel reden wollen und weil es so schön ist, gemeinsam am Ufer zu sitzen, wenn die Katzen im Gras auf Mücken lauern und das Schilf im Wind knistert und die Fische in der Abendstille springen.

Ob ich noch ebenso gern am Teich sitzen werde, wenn ich es jeden Tag tun kann, oder waren nur die gestohlenen Stunden kostbar? Wird mir langweilig werden, wenn ich Tage, Wochen, Monate meine Ruhe habe, werde ich mich danach sehnen, meine Mutter möchte hinter der Hecke sitzen und über mich lästern und mein Vater sich an meinem Rasen vergreifen, damit ich mich über sie ärgern könnte? Ich weiß es nicht, aber ich glaube, dass das Gefühl der Freiheit anhalten wird. Und wenn es schwindet und einer genervten Alltagslangeweile Platz macht, habe ich meine vielen geschriebenen Seiten, manche mit zittriger Schrift und manche mit wütenden, ausladenden Buchstaben. Dann werde ich mich ins Gras setzen und darin blättern und mich erinnern, wie es gewesen ist.

Dies ist keine Beichte, dies ist ein Plädoyer, um mir Recht zu verschaffen, das mir kein anderer jemals verschaffen wird. Bitte, Herr Richter, lesen Sie es noch einmal, wenn Sie mir nicht glauben. Ich behaupte nicht, dass ich unschuldig bin. Ich habe zweifellos meine Mutter erschlagen, ich war dabei zweifellos nicht geistig umnachtet, sondern höchst wütend. Zehn Jahre als Strafe für Totschlag finde ich angemessen. Aber ich habe diese zehn Jahre schon abgesessen, dort in dem Haus. Bitte erkennen Sie das an und entlassen Sie mich in die Freiheit.

DANK

Ich danke allen, die mich in den letzten Jahren beim Schreiben und Leben unterstützt haben:

Andrea, Andreas, Anne, Armena, Bettina, Birgit, Carmen, Chris, Christa, Christa, Claudia, Eckhard, Elke, Florian, Gaby, Gudrun, Hanns, Hans, Harald, Heidi, Henning, Ingrid, Joachim, Juliane, Karen, Klara, Kurt, Manuela, Matthias, Melanie, Micha, Petra, Petra, Rainer, Ralf, Reinhard, Sylvia, Tanja, Thomas, Ute, Vanessa, Vera, Wiebke.

Danke an Kira für ihre hilfreiche Website *www.narzissmus.org*.

Ein besonders großes Danke an Ingrid, die mutigste Frau der Welt.

Mehr **CRiMiNA ...**

Carolin Schairer

Wir werden niemals darüber reden

304 Seiten. 978-3-89741-347-4

Ein alter Bauernhof im Süddeutschen birgt düstere Geheimnisse. Nach dem Tod der Bäuerin kommen sie ans Licht. Als ihre Enkel Isabell und Jan zur Beerdigung der Großmutter zurückkehren, beginnt eine harte Reise in die Vergangenheit, an deren Ende Isabell weiß, warum sie Angst vor dem Leben allgemein und vor Puppenaugen im speziellen hat ...

Trix Niederhauser

Denn vom Trauern kommt der Tod

304 Seiten. 978-3-89741-353-5

Brunhilde Schwarz ist über achtzig und sieht aus wie eine nette alte Dame. Sie lebt im Heim, strickt Socken, erfreut sich an den Konzerten der Flötengruppe und wirkt mitunter leicht verwirrt – aber im Kostüm der Harmlosigkeit steckt ein Racheengel!

Katarina Struik

Falscher Zauber

280 Seiten. 978-3-89741-361-0

Kronstein, metropolennah: Ein altes Haus brennt, eine alte Frau stirbt in den Flammen ... Als eine junge Journalistin vom örtlichen Provinzblatt ein magisches Zeichen am Brandort entdeckt, wittert sie Mord – und eine echte Enthüllungsstory! Gemeinsam mit ihren Freundinnen geht sie dem »Fall« nach. Schnell zeigt sich, dass es im Umfeld der Toten nicht nur moderne Hexen, sondern auch Satanisten, erzreaktionäre Dackelbesitzer und einen Haufen Neureiche gibt, die offenbar über Leichen gehen ...